身分違いのかりそめ妻ですが、ホテル王の一途すぎる独占愛欲で蕩かされています

m a r m a l a d e b u n k o

若菜モモ

JN053858

marmalade bunko

マーマレード文庫

目次

身分違いのかりそめ妻ですが、ホテル王の一途すぎる独占愛欲で蕩かされています

身分違いのかりそめ妻ですが、ホテル王の一途すぎる独占愛欲で蕩かされています

一、運命の出会い

どこまでも続く太平洋の湾岸線が臨めるサンタモニカビーチには、観光客やローカルの人々で賑《にぎ》わっている。

私、堂本《どうもと》絵麻《えま》は、海岸沿いにあるカフェのオープンテラスのテーブルに座って、アイスコーヒーを飲みながらのんびりと至福の時を過ごしている。

ここ、ロサンゼルスに来たのは約六年前。

高校を卒業してからパリで有名な料理学校の日本校で調理と製菓を二年間学び、卒業後に渡米。スーパーフードが注目されているロサンゼルスで勉強するために、こちらのレストランで働きながら、料理法や技術を学んでいった。

私が生まれたのはロサンゼルス。父が日本の銀行のロサンゼルス支店で働いていた関係で、三歳上の兄・雅治《まさはる》と二歳下の妹・梨沙《りさ》とともにこの地《ロサンゼルス》で育った。

十歳になったときに帰国が決まり、高校を卒業するまでは長野《ながの》県で過ごし、その後、料理学校に進学するために上京。

東京《とうきょう》ではワンルームマンションでひとり暮らしをしながら勉学に邁進《まいしん》し、無事に卒業資格を手に入れることができた。

日本とアメリカの二重国籍を持っている関係で、希望していたロサンゼルスでの就労先もすんなりと決まり、就職先のレストランでは、ひたすら料理の腕を磨くことに専念。

三年ほど経った頃、ひとつの転機を迎える。

働いていたレストランで、スーパーフードを取り入れた料理や創作和食のメニューをオーナーに頼まれてお客様に提供していたところ、私の料理を気に入ってくれた往年のハリウッド女優、イザベラ・ヤングから『専属シェフになってほしい』と熱望され転職することになったのだ。

住み込みの専属シェフとして、彼女のもとで働き始めてもうすぐ丸三年。彼女は自分のことを『イザベラ』と呼び捨てるように言い、私のことも『エマ』と呼ぶ。

給料はレストランで就労していた頃よりも十倍以上もらっているが、住み込みなので仕事は二十四時間体制。ほとんど休みがないのが難点だ。

今年の七月末で、専属シェフとしての契約が切れる。契約は更新せず、貯金で小さなレストランを開業しようか思案している。

人気女優のイザベラの撮影場所はアメリカ全土から世界中に及ぶ。撮影が始まれば、専属シェフである私も当然同行することになる。

彼女の要望どおりに動かなくてはならないため、撮影場所ではキッチンや寝室を供えた豪華なトレーラーで待機し、イザベラが食べたいものをすぐに提供できるようにする必要があった。

今日はやっともぎ取った休日で、朝食を作ったあとすぐにバスに乗ってサンタモニカビーチへやって来たのだ。

ロサンゼルスの二月中旬の気候は昼間の平均気温は二十度くらい、昼間は半袖でも過ごせて気持ちがいい。

周囲を見渡せば、人々の服装はまちまちで、ノースリーブの人もいれば、長袖の薄めのシャツを着ている人もいる。

そよ風が私の肩甲骨より下ほどの長い黒髪を揺らす。

料理学校を出てこちらに来たときは、試食などを繰り返してまあまあ体重はあったが、スーパーフードのおかげか、はたまた仕事のストレスのせいか、今では太りやすいイザベラがうらやむほどのスタイルにはなった。

二重でくっきりとした目に、ほどよい鼻筋と唇。身長は百六十センチで、こちらでは小さい方だ。

イザベラの映画関係者からは、エキストラをしてみないかと声をかけられることもあるが、興味がないので断っている。

白いTシャツに黒のジーンズ、レモンイエローのエプロンが私のいつものスタイルだ。休日の今日はエプロンがないだけ。

テーブルの上にノートとペンがあり、のんびりするべきなのに新しいメニューを考えつくまま書きなぐっている。

そこへテーブルの上に置いていたスマートフォンが着信を知らせる。

画面に映し出されているのは「イザベラ」の名前。

それを目にして、思わずため息を漏《も》らす。

せっかく今日はフリーなのに、電話をしてくるということは食事を所望しているのだろうと推測する。

マナーモードにしているが鳴りやまない呼び出し。

仕方なく通話をタップして、耳にスマートフォンを当てた。

『ハロー、イザベラ』
《エマ！　助けて。あなたの料理が食べたいの》
大げさともとれる彼女の悲痛な声が聞こえてくる。
『今日はご友人と、ホテルでランチのはずでは？』
《行ったわ。でも私の口には合わなくて、ドリンクしか飲んでいないの》
でも、私は休日で……と、言いたいところを押し黙る。彼女は「ＹＥＳ」と私が折れるまで引き下がらないからだ。
『……わかりました。これから戻ります。次回、必ず休暇をいただきますからね』
《ええ、ええ。もちろんよ。どのくらいかかるかしら？》
そう言っても、なかなか休日を出したがらないのは承知の上。だから、転職も考えてしまうのだ。
『バスなので四十分から一時間はかかるかと』
《そんなに!?　タクシーで戻ってきて。わかったわね》
そう言い放ち、通話が切れた。
たった三時間ほどの気分転換だったわね……。
テーブルに出していたノートとペン、スマートフォンをバッグにしまうと席を立ち、出口の方向へ歩き始めたとき、ウエイトレスとぶつかってしまった。

パリン！　と床の上でグラスが割れる音が響く。

『もうなんてことなの！　オーナーに怒られちゃうわ！』

若いブロンドのウエイトレスが、オーバーな身振りで悲愴感を漂わせる。

『ごめんなさい！』

英語で謝り、しゃがんで割れたグラスの破片《はへん》を拾う。

『どうしてくれるのよ！』

ウエイトレスは他人事のように腕組みをして、私を見下ろしてくる。

『飲み物とグラスの弁償はします……痛っ！』

破片に集中していなかったせいで、指先に痛みが走った。

『当たり前じゃないっ、それよりも私が辞めさせられるかもしれないわ！　賠償金を払ってよ！』

その言葉に、破片を拾うのを止めてすっくと立ち上がる。

『そんな態度では辞めさせられるのも納得よ。ぶつかったのは私だけが悪いわけじゃないわ。ウエイトレスならちゃんと周りを見て運ぶべきでしょう』

『なんですって!?』

怒りの形相でウエイトレスは手を上げる。

殴られる！

咄嗟《とっさ》に顔を背け目をつぶるも、いつまでたっても衝撃は訪れない。

そろそろと目を開けると、ウエイトレスの手首が、いつの間にか彼女の背後に立っていたスーツ姿の男性に掴《つか》まれていた。

『彼女を叩《たた》けば君が訴えられるぞ？』

男性はウエイトレスの手首を掴んだまま忠告する。

そこへオーナーと思《おぼ》しき髭《ひげ》の男性が現れた。

『ミスター・カグラ、何か問題でもありましたか？』

髭の男性と私を助けてくれた男性は知り合いのようだ。

ミスター・カグラって……日本人よね？

私は目の前に立つ男性をじっと見つめた。

俳優と言われても納得しそうなほど、彫の深い目鼻立ちのはっきりした顔立ち。濃いブラウンの髪はアップバングで額を出し、サイドはツーブロックと精悍《せいかん》さと爽《さわ》やかな雰囲気《ふんいき》だ。

スーツを着ているせいもあるが、見るからに有能そうな男性はキリッとした奥二重の目で鋭《するど》くウエイトレスを見据《みす》えている。

『ウエイトレスがわざとこの女性にぶつかったのを見ていてね。胡散臭《うさんくさ》い話を始めたから止めたところだ』

『まったく！　いつも問題を起こしよって！　お前はクビだ！』

『それは困ります。生活ができなくなります』

眉をひそめる髭の男性は、やはりこの店のオーナーだったようだ。

オーナーからクビを言い渡されたブロンドのウエイトレスは、途端に悲しそうな表情に変えて、ミスター・カグラと呼ばれた男性を懇願の表情で見上げる。

『ミスター・カグラ、私の非を認めます。私は女優なんです。ぜひ私にプロデューサーを紹介してください』

彼女は駆け出しの女優なのだろう。

でもこの男性がプロデューサーを紹介……？　彼はプロダクションの人なの？

『今のは演技だったんです！　彼女には心から謝りますから』

え、演技……？

ギョッとなったとき、彼が「またか」と、日本語で呟《つぶや》いた。

このウエイトレスは、彼に自分の演技を見てもらいたくて、私をだしに使ったの？

思わずため息を漏らすと、ミスター・カグラの漆黒のような瞳が私に向けられた。

『君は大丈夫か？　指から血が出ている』

ビロードのような心地よい声で尋ねられ、鼓動がトクンと跳ねる。

彼はネイティブな英語で話しかけてくるから、もしかしたら私が日本人だとは思っていないのかもしれない。

次の瞬間、ミスター・カグラはスカイブルーのハンカチで私の指先を包み込んだ。

「大丈夫ですっ、ハンカチが汚れます」

咄嗟に日本語が口をついて出ると、彼は軽く目を瞠《みは》った。

「かまわない。そのままだと白いTシャツが汚《よご》れる」

「すみません。助けてくださりありがとうございました。ではこれで失礼します」

軽く頭を下げてから、早足でカフェを出る。

腕時計を見ると、十分のロスだ。

イザベラから催促の電話がかかってくるかもしれない。

歩道に出て流しのタクシーを探すが見当たらない。

「君！」

日本語で背後から声がかかり、ハッとして振り返ると、そこにミスター・カグラ――

神楽《かぐら》さんがいた。

「タクシーを捜しているのなら、俺の車で送っていく」

「お気遣いありがとうございます。でも、すぐに見つかりますから」

失礼にならないよう丁寧に断ると、彼はふっと笑みを漏らす。

「まあ警戒するのも無理はない。災難に見舞われた君に手を差し伸べたいだけだ。これで警戒心は解かれないだろうか？」

神楽さんはスーツのポケットから名刺入れを取り出して、ビジネスカードを私に差し出した。

【Royal Kings Palace Hotel　CBO　Kento Kagura】

ロイヤルキングスパレスホテルのCBO？　CBOって、最高ブランディング責任者のことだったかしら……？

このホテルはビバリーヒルズにある老舗《しにせ》の五つ星ホテルだ。日本企業に買収され、経営が変わったとニュースになっていたのを覚えている。たしか二年くらい前だっただろうか。

そういえばイザベラは、今日ここのホテルのレストランへ出掛けたはず。

この名刺の肩書きが本当なら、彼が有能そうに見えたのも間違っていなかった。

「名刺をいただいたからといって、信用には値しません。すみません。失礼します」

受け取ったビジネスカードを差し出すが、神楽さんは軽く首を横に振って受け取らない。

「別に無理強いはしない。急いでいるようだったから同じ日本人として送ろうと思っただけだ。それじゃあ失礼するよ」

彼はすぐ近くに止まっていた高級外国車へ近づく。その車のそばには制服を着た運転手が立ち、彼のために後部ドアを開けている。

気を悪くさせてしまったみたい……。

神楽さんは騎士道精神を発揮しただけだろう。

でも、見知らぬ人の車に乗るのは危険だ。

彼が車に乗り込むのをなんとはなしに見ていると、バッグに入れていたスマートフォンが振動しているのがわかった。

同時にタクシーがやって来るのが見え、スマートフォンを取り出して、電話に出ながらタクシーを拾った。

空に向かって伸びるようにパームツリーが道路脇に並ぶ道路から、高級ブティックなどが建ち並ぶエリアを通り、高級住宅地の一画にタクシーは止まった。門から玄関までそれなりに距離があるが、セキュリティー上、タクシーは玄関先まで行けない。

タクシーから降りて白亜の建物に向かって歩を進める。

イザベラ・ヤング邸は二階建てで、かなりの人数が集まれるパーティールームや普段くつろぐリビングルーム、客間、八つのベッドルーム、八つのバスルーム、デラックスキッチン、温水プールやスパ、テニスコートなどがある。

この屋敷には四人の使用人が雇われており、住み込みで働くのは専属シェフの私とフィリピン人のメイドのサマンサ・レイエスのふたり。

残りのふたりは、敷地内にある2ＬＤＫの家から通っている。

メイドのサマンサは三十五歳で、母国にいる両親に毎月仕送りをしている働き者だ。

現在六十歳のイザベラは、若い頃に一度、映画プロデューサーと結婚し、娘を設けて五年後に離婚した。

それ以来、年下の愛人はいる様子だが独身である。

娘はアメリア・ヤング。

二十歳のときにイザベラの七光りで主演した映画は、残念ながら演技力が低評価され、それ以来ファッション誌などのモデルをしていると聞いている。

現在三十歳の彼女は、ハリウッドの豪華なアパートメントに住み、頻繁に母親のすねをかじりにやって来る。

玄関のパネルで鍵を開けて中に入ると、そこはラグジュアリーな応接セットのあるスペースで、来客などにここで待っていてもらう場所。

その座り心地も抜群のソファに座っていたのはイザベラで、私の姿を見て立ち上がると、ぱっと顔を輝かせ大げさに両手を広げてハグをする。

娘のアメリアは黒髪をブロンドに染めているが、彼女は生まれながらの美しいブロンドだ。現在撮影中の役柄のため、肩甲骨まであった髪をショートヘアにしている。

『エマ、ごめんなさいね。どうしてもホテルの料理はうけつけなくて。あなたの料理が一番よ。せっかく出向いたのに会いたかった男性は留守だったし。もう時間の無駄《むだ》だったわ』

『すぐに作りますね』

現在の時刻は十三時を回ったところだ。

『あ、アメリアが来ていてプールにいるわ。彼女の分もお願いね。先に飲み物を持って行ってあげて』

『わかりました』

アメリアの飲み物の好みはわかっている。アルコールは大好きだが、プールを使っているときは飲まない。

以前、イザベラに『あなたは大切な一人娘なのよ。何かあったら大変だから、プールのときアルコールは飲まないで』と、注意されたからだ。

さっそく豪華なキッチンへ入り、隅に掛けてあるレモンイエローのエプロンを身に着ける。

冷蔵庫から炭酸水のボトルを取り出して、ハーブのプランターからミントの葉をちぎり、氷の入ったグラスに注いだ。

オートミールクッキーと一緒にトレイに載せて、プールへ向かおうとしたとき、サマンサが現れた。

『エマ。おかえりなさい。今日も休日返上ね。私が持って行くわ』

同情の色を浮かべた彼女は、私からトレイを引き受ける。

『ありがとう。助かるわ』

シェフである私に制服はないが、他のメイドたちは半袖のグレーのワンピースに白いフリルのついたエプロンをしている。

サマンサは笑顔を私に向けてから、キッチンを出て行った。

次は、イザベラの食事ね。

アボカドを薄くスライスして綺麗《きれい》に並べ、その上に玄米ご飯とツナや大豆から作られたマヨネーズ、キュウリなどを載せ、巻いて寿司にする。ただし、イザベラは酢飯が苦手なので、ご飯にはほんの少しレモンで風味をつけている。

あとはキヌアのサラダを用意して、プールを見渡せるリビングルームの豪華なソファに座るイザベラの元へ料理を運んだ。

『お待たせいたしました』

『いいのよ。まあ、おいしそう』

イザベラは用意したおしぼりで手を拭《ぬぐ》うと、フォークでキヌアサラダを口にして満足そうに何度か頷く。アボカドの巻物は手で掴み、しょうゆを少しつけて食べる。

『んー、おいしいわ。レストランで食べるなんて時間とお金の無駄だわね』

その賛辞はうれしくもあるが、それによって私の自由時間がなくなるのだ。作り置きで冷蔵庫に入れておくのは彼女が許さない。

冷たいものは冷たくは問題ないが、熱いものは熱く……、そして作りたてじゃなければ食べないのだ。

その夜、キッチンに近い自室に戻って水色のカウチソファに座る。

この屋敷に使用人用の部屋はないので、シェフの私に用意されている部屋も他のベッドルームと同じく贅沢《ぜいたく》な仕様となっている。

著名なインテリアデザイナーが内装の設計からかかわっているため、どの部屋も素《す》敵《てき》な部屋ばかりだ。

カウチソファの隅に置いていたバッグを引き寄せ、ビジネスカードとハンカチを取り出す。

運転手付きの高級外国車に乗って去った神楽さん……。彼がロイヤルキングスパレスホテルで働いているのは本当なのかもしれない。

ハンカチはハイブランドの絹《シルク》。だけど、見事にどす黒くなった私の血が付いて汚れてしまっている。

ブロンドのウエイトレスに絡まれたとき、神楽さんが現れて助かったのは事実。

親切にしてもらったのに気を悪くさせてしまったことを、今さらながら申し訳なく思う。

そうだわ！　ハンカチを返せばいいんだわ。

同じブランドのハンカチを買って、ホテルのフロントから渡してもらおう。

ロイヤルキングスパレスホテルなら、ここからそう遠くない。バスがうまく来れば、三十分もかからずに屋敷へ戻ってこられるはずだ。

そうと決めたら、早い方がいい。

イザベラのスケジュールを確認して問題がなければ、さっそく明日行ってこよう。

神楽さんと別れてからずっと胸のモヤモヤを抱えていたが、その考えにたどり着き、やっとすっきりした。


翌朝、六時に起床して、いつものように白いTシャツとジーンズに着替えて、私の仕事場であるキッチンへ向かう。

キッチンはアメリカンカントリー風のインテリアでまとめられており、一日の大半をここで過ごすため、居心地のいい空間であることがうれしい。

敷地内の離れに住むメイドふたりは、自分たちで三食を済ませているが、サマンサは私の分と一緒に作って食べている。

まずは私とサマンサの朝食作りだ。

トーストと卵料理、イザベラ用に多めに作っているサラダもメニューに入れている。

サマンサは毎日六時十五分にキッチンへ現れる。

『エマ、おはよう』

『おはよう、サマンサ』

『今日もいい天気ね』

笑顔でコーヒーメーカーに近づくサマンサ。コーヒーを入れるのは彼女が担当してくれているのだ。

『ええ。本当にLAは気候がいいから住みやすいわ』

目玉焼きを作り、カリッと焼いたベーコンとサラダを添える。

トーストも焼けて、シングルベッドくらいのサイズの作業台の端にふたり分の朝食を並べて置いた。

コーヒーの入ったマグカップをふたつ持ったサマンサも、それを作業台に置いて椅子《い》子《す》に座った。

『いただきます』

毎回両手を合わせる私に倣《なら》って、サマンサも同じ動作をしてから食べ始めた。

イザベラの起床は八時。朝食は大抵、アンチエイジングに良いとされるアサイーとチアシードを入れたヨーグルト、エゴマのオイルドレッシングであえたサラダをたっぷり食べる。

現在、来春の公開を予定している映画の撮影中で、ハリウッドにある一番古いスタジオへほぼ毎日通っている。

撮影中もイザベラは用意されたケータリングの食事を一切口にせず、私がランチを用意してスタジオまで届けている。

スケジュールを確認したら、今日も十一時にスタジオ入りとあったので、ランチを届けた帰りにホテルへ寄れば、神楽さんへハンカチを渡せると頭の中で計算した。

キッチンの壁にかかった時計を見れば、そろそろ八時だ。

イザベラはよほど疲れていない限り自分で起きてくる。

朝食の準備はできているため、撮影時のランチの準備をしていると、サマンサがキッチンのドアから顔を覗《のぞ》かせた。彼女は朝食後、七時から働いている。

『エマ、イザベラ様がプールサイドに朝食を持って来てって』

『了解』

すでにいつでも朝食を持って行ける状態だ。用意しておいたトレイを手にキッチンを出て、プールサイドに足を運ぶ。

リビングルームの開け放たれた窓からプールサイドに出て、ガーデンチェアに足を投げ出して座るイザベラに近づく。

イザベラは六十歳だが、黒のサテン地のナイトウエア姿は妖艶《ようえん》で若々しく、娘のアメリアと並んでも、少し年の離れた姉妹にしか見えない。

『イザベラ、おはようございます』

『おはよう』

ガーデンチェアの隣のサイドテーブルに食事の載ったトレイを置く。

『マゼンダが来たらここへ通してね』

そう言って、イザベラはミントの葉が入っているココナッツウォーターをストローでひと口飲む。

『かしこまりました』

マゼンダはイザベラのマネージャーで、九時過ぎには到着するだろう。

十二時前、ハリウッドのスタジオへ赴《おもむ》きランチを届けると、タクシーに乗車してビバリーヒルズのロデオドライブにある目的のブランドショップ前で降ろしてもらう。

入店しハンカチを探す。同じものはなかったが、ブルー系のハンカチを選び、簡単に包装をお願いする。

『おリボンは?』

『いいえ、いらないです。あ、メッセージカードはありますか?』

『はい。こちらでいかがでしょうか?』

二つ折りになるブランドのロゴが入ったメッセージカードを受け取る。

その場で【昨日はハンカチをありがとうございました。絵麻】とだけ、日本語で書いた。

ショッパーバッグを手渡され、包装紙の間にメッセージカードを挟んでショップを出た。

ここからロイヤルキングスパレスホテルまでは徒歩十分ほどだ。

石造りの外観のどっしりとした趣《おもむき》のあるホテルは八階建てで、映画のロケ地としても有名である。

格式高い雰囲気は以前と変わらないが、日本企業が買収し経営権を握ると、近代的設備になって快適になったと、アメリア《イザベラ》が母親に話していた。

路面に沿った一階はカフェやレストラン、ブランドショップがあり、道路の向こう側には高級店が建ち並んでいる。

イザベラも昨日このホテルを訪れたが、セレブが頻繁に訪れるハイグレードなホテルだ。

入り口はそれほど大きくはなく、制服を着たふたりのドアマンが立っており、私のためにドアを開けてくれる。

このホテルに初めて足を踏み入れるが、外観、館内とも高級感漂うエレガントなヨーロピアン調だ。

ゴージャスなシャンデリアとオブジェのあるロビーへ歩を進めて、チェックインカウンターに近づく。

『いらっしゃいませ。ご用件をお伺いします』

私と年齢が変わらなそうな綺麗《きれい》な女性が笑顔で対応する。

『ハロー、これをCBOのミスター・カグラに渡してください』

先ほどのショッパーバッグをカウンターの上に置く。

『ミスター・カグラはプレゼントを受け取りませんので、お引き取りください』

フロントの女性は先ほどまで笑顔だったのに、ショッパーバッグを見た途端、素っ気ない態度になる。

こんなこと頻繁にあるのだろうか。冷淡にあしらわれて困惑する。

そういえば、昨日のウエイトレスは神楽さんに取り入ろうとしていたようだし、彼も「またか」と言っていた。

ハンカチを返せばすっきりすると思ったのに、これではモヤモヤ感が残ってしまう。

『とにかく渡してください。いらないと言われたら捨てるなり、あなたがもらうなりしてください」

『それも困ります。私がお叱《しか》りを受けます』

贈り物は断るように言われているのだろう。

『私は別にミスター・カグラに取り入ろうとは思っていないので安心してください。昨日、怪我をした際にハンカチを貸してくださったので、汚れてしまった代わりのハンカチを持ってきただけです。あ、彼からいただいたビジネスカードを見せますね』

バッグから神楽さんの名刺を取り出して、フロントの女性に見せる。

『ですが……』

『これもお返ししておきます。では、お願いします』

名刺をカウンターの上に置いたままにし、軽く頭を下げてフロントカウンターを離れると、出入口に向かった。

その夜、夕食を待つイザベラの前に豆腐ハンバーグのプレートを置く。

『エマ、ありがとう。いつものようにおいしそうだわ』

プレートには豆腐ハンバーグの他に温野菜と玄米ご飯が乗っている。

撮影のため太らないようにしているので、ワンプレートの方が食べた量もわかるからとイザベラのリクエストだ。

『そうだわ。明日のランチはふたり分お願いできるかしら？　スタジオに十一時に届けて』

『かまいませんが、普段のようなメニューでよろしいのでしょうか……？』

『そうねぇ。普通の和食をお願いするわ』

イザベラの言う『普通』とは、スーパーフードを使わない料理のことだ。

『わかりました』

イザベラは友人たちに私の料理を食べさせるため、たまに数人分の料理をリクエストしてくることがある。

『それとね、アメリアが来月からここに住むわ。私と体質が似ていて、油断すると太ってしまうから、あなたのお料理とプールでスタイルを保ちたいそうよ』

アメリアが来月に引っ越してくると聞いて、あぜんとなる。

彼女はとてもわがままで、イザベラのように丁寧《ていねい》に頼むことをせず、いつも命令形なのだ。

しかし、その件に関してイザベラは娘に何も言わない。イザベラは娘にとても甘い母親なのだ。

『……わかりました。お食事のメニューはイザベラと同じですね？』

『おそらくね……でも、若いんだから時々は違う料理を食べたくなるでしょう。そのときはアメリアの言うとおりにしてね。お願い』

イザベラは顔を緩ませてから、温野菜のにんじんを口にした。

キッチンへ戻ると、用意しておいた夕食をサマンサが食べていた。メニューはイザベラに出したものと同じだ。

『エマ、どうしたの？　浮かない顔をしているわ』

サマンサが食べる手を止めて、首を傾《かし》げる。

『アメリアが来月からここに移り住むって』

彼女の隣に腰を下ろして、フォークとナイフを持つ。

『ええっ!?　本当に？　来月って、あと二週間もないじゃない』

サマンサはアーモンド形の目を大きくさせてから続ける。

『まあ、仕方ないわよね。雇い主の娘なんだし』

私たちがアメリアを良く思っていなくても、ただの使用人でしかない私たちは、イザベラの決定に従うしかない。

彼女の言葉にコクッと頷き、豆腐ハンバーグを切り分ける。柔らかいし、中に入れた大葉が風味を出してくれて、しょうゆベースのたれと相性がいい。

うん、われながらおいしい。

サマンサも喜んで食べてくれていた。

途中、席を立ってイザベラの食事の様子を確認し、モリンガのジェラートをデザートに出す。

モリンガにはビタミンがほうれん草の十二倍、カリウムが牛乳の六十三倍も含まれたスーパーフードだ。それを豆乳とミックスして作った特製ジェラートは抹茶アイスみたいな色をしている。

イザベラはジェラートを『最高だわ』と言って満足そうに笑った。

翌日、イザベラに頼まれたふたり分のお弁当を作ってスタジオの控え室に入った。

室内にいたマネージャーのマゼンダにお弁当を預け控え室を出たところで、数人のスーツ姿の男性たちが廊下で立ち話をしている姿が目に入る。

その中にひときわ目を引く黒髪の男性がいた。

あの人は！

そこにいたのは、神楽さんだった。

こんなところで、また会っちゃうなんて……。

ここにいるってことは、やはり映画業界と何か関係があるのだろう。

私には気づかないはずだけど、さっさと通り過ぎるのが一番ね。

そう思ったところで、彼らの話が終わったようで一同が散らばる。

距離は三メートルほど、神楽さんは別れた人たちとは真逆のこちらへ向かって歩いてくる。

知らん顔をして通り過ぎればいい。

そう思って私も歩き始めた。

問題なくすれ違う寸前、神楽さんが立ち止まる。

「君は……」

日本語で話しかけられ、一昨日の女が私だと気づいたようだ。

「絵麻、ハンカチをありがとう」

穏やかな笑みとともに名前を呼ばれ、胸がドキンと跳ねる。

「お手元に届いたんですね。フロントの女性は、あなたは贈り物を受け取らないと言っていたので……」

「ああ、受け取った。ハンカチなどかまわないでよかったのに」

「私の気持ちがすっきりしなかったので」

やはり記憶のとおりに美形だ。

もしかしたら、CBOをしながら俳優業も……？

「スタジオにいるってことは、君は女優なのか？」

「え？　ち、違いますっ。神楽さんこそ、ホテルの仕事の他に俳優業も兼任しているのですか？」

彼は楽しそうに口元を緩ませる。

「俺が役者？　すごい想像だな」

あれ、違うんだ。

そのとき、壮年の白人男性が遠くから神楽さんを呼んだ。

「あ、お時間をとってしまい、すみません。私はここで……」

「絵麻、君の連絡先は？」

「……まだあなたを信用したわけではありませんから。失礼します」

頭を下げて、足早に彼から離れて出入口へ向かった。

連絡先……。

素っ気なく断って教えなかったが、心の中には迷いがあった。

こちらへ来てから、あまり日本人と話すこともなく生活して約六年が経ち、忘れていた懐かしさがあった。

休日に彼のような素敵な人と会えば楽しい時間を過ごせるのではないか。

しかし、連絡先を教えてもイザベラが簡単に休みをくれるとは思えない。

結局、時間は取れないので、幻の休日のことを考えるだけ無駄というものだった。


『エマ～、ランチボックスありがとう～』

帰宅するなりイザベラは今にも踊り出しそうなステップでキッチンに現れた。

『イザベラ、おかえりなさい』

『あなたのお料理、先方はとっても気に入ってくれたの。来週の金曜日、ディナーにお招きすることになったから、料理をお願いね』

『わかりました』

『アメリアも呼ぶから三人ね。普通の和食でいいわ。じゃあ、よろしく。先にバスを使うから出たらディナーにして』

『あの、お客様は和食を好まれる方でしょうか……？』

『ええ。日本人の男性よ。こちらに赴任して一年は経っていないわね。今日のランチボックスも、おいしい和食だと絶賛していたわ』

日本人……？

脳裏に神楽さんの顔が思い浮かぶ。

スタジオにいたし、イザベラの控え室の近くで彼を見たし……もしかして、お客様って神楽さん？

そういえば、昨日彼女がロイヤルキングスパレスホテルで会いたい男性は留守だったと。

たしかにあの時間、神楽さんはカフェにいた。

イザベラは親子ほども年の違う神楽さんを恋人にしたいと思ってるの……？

来週のディナーがよほど楽しみなのか、『じゃあね』と、上機嫌のままイザベラはキッチンを出て行った。

現在の時刻は二十時。

彼女のバスタイムは約一時間なので、二十一時から夕食を摂る。

その間に明日の仕込みや、メニューを考える。食材の買い物は三日に一度で、午後が多い。

明日は買い物に行ってこなきゃ。

二、夢のようなデート

お客様を迎える金曜日。

イザベラにお客様の名前を聞くのがなんだかはばかられ、尋ねていない。

でも、おそらく神楽《かぐら》さんではないかと思っている。

たしか、ロイヤルキングスパレスホテルには、高級和食レストランが入っていたはず。

神楽さんが和食に飢《う》えているとは到底思えないが、イザベラの要望どおりにメニューを考えた。

豆腐サラダは岩塩とオリーブオイルで、筑前煮や煮魚、箸休めにきんぴらごぼうと黒豆を作った。

お客様は男性だと聞いていたので、もう少しボリュームを入れ、ローストビーフとわさびの和風ソースも用意した。

すべての準備が済んで、リビングルームの隣のダイニングルームへ移動する。

十人が座れる猫足の豪華なテーブルの端に、プレースマットを敷いてお箸や取り皿のセッティングをしていると、鮮《あざ》やかな赤いスリップドレス姿のアメリアが現れた。彼女の引っ越しは来月と知らされていたが、あと数日で三月になる昨日、たくさんの荷物が運ばれてきた。

『準備はできたの？　おいしくないものを出して恥をかかせないでよ？』

『……はい』

アメリアは高飛車《たかびしゃ》な性格なので、簡単な返事だけに留めている。何か言おうものなら、弾丸のように非難の言葉が出てくるのだ。

小さい頃から母親のイザベラをはじめ、業界のスタッフたちから蝶《ちょう》よ花よと接してこられたせいだ。

アメリアのドレスは足首までの長さで腿の中間までスリットが入り、動くたびに長く魅力的な脚が露出する。

『エマ、最初はスパークリングワインにしてよね』

『わかりました』

早朝からアメリアはヘアサロンへ赴《おもむ》き、髪の毛をブロンドに染めていた。

母親《イザベラ》は綺麗《きれい》なブロンドだがアメリアは父親譲りの黒髪で、彼女にはそれがコンプレックスのようだ。

今は胸より長いウェーブのブロンドが波打っていて、とても美しい。

ダイニングルームを出てキッチン横のワインセラーへ入ると、アメリアが好んでいるスパークリングワインを選び、たっぷりの氷を入れたアイスペールに入れた。


チャイムが来客を知らせた。

時刻は二十時になる。

キッチンにいる私は普段出迎えはせず、サマンサやメイドふたりが対応する。

スパークリングワインはテーブルに出してあるし、アペタイザーのサーモンのカルパッチョを運ぶのは、サマンサに任せている。

そこへサマンサが現れる。

『エマ、今日の東洋人のゲスト、めちゃくちゃかっこいいのよ。びっくりしちゃって、目が離せなかったわ』

東洋人の容姿でめちゃくちゃかっこいい……やはり神楽さんだろう。

『そうなんですね……あ、アペタイザーをお願いします』

『はーい』

アペタイザーの小皿が置かれた、細工が美しい金の長方形のトレイをサマンサは持ち上げた。

うれしそうに顔を緩ませて出て行くところを見ると、相当ゲストを気に入ったようだ。

私には関係ないわ。さて、次の料理を作らないと。

水切りをした豆腐を手にする。水気が出るので、食べる間際に調理するのがいい。邸宅が広すぎて、ダイニングルームの声などはキッチンまでは聞こえない。そのため、食事の進み具合の連絡はサマンサに任せている。

少しして彼女がキッチンへ戻って来る。

『はぁ～、もうイザベラ様とアメリア様の取り入り方がすごくて、見ていられないわ。ゲストはほとんど笑っていないって気づいてないみたい。アメリア様はそれとなく仕事がないか聞いていたわ』

やはり彼はエンターテインメント業界に顔が利くようだ。

「ふたりにかかっては彼も大変ね……」

思わず日本語が出てしまい、サマンサが首を傾《かし》げる。

『あ、次は、これをお願い』

サマンサは豆腐サラダを運んでいった。

すぐに戻って来た彼女に筑前煮と箸休めの小皿を持って行ってもらう。

『エマ。お客様が、おかずがおいしいからライスがほしいって。私も早く食べたいわ。給仕中におなかが鳴らないか気になっちゃう』

私たちはまだ夕食を摂っていないので、サマンサは苦笑いを浮かべながらおなかを押さえる。

『ふふっ、デザートまで出したら、私たちも食べましょうね』

『もう少しね。楽しみ!』

サマンサはメインの煮魚とローストビーフのお皿を持ってキッチンを出て行った。

デザートは豆腐を使ったみたらし団子にした。豆腐を使うとヘルシーだし、とても柔らかい食感になる。

丸く成形したものを茹で、冷水につけたところで――。

「絵麻《えま》、やはり君だったのか」

日本語の凛《りん》とした男性の声がキッチンに響いた。

ハッとして振り返ると、キッチンの入り口に光沢のあるブラックスーツを身にまとった神楽さんが立っていた。

「神楽さん……」

彼も私がこの家で働いていると考えていたのだ。

神楽さんは楽しそうな笑みを口元に浮かべて近づいてくる。

「あの、私……忙しくて。申し訳ありませんが、お話をしている時間はないんです」

ゲストが戻ってこないと、アメリアかイザベラが今にも現れるのではないかと落ち着かない。

「たしかに、あれだけの料理を作っていれば忙しいな。どれもおいしかったよ」

「それは良かったです。でも、褒《ほ》められるほどの料理ではありません。ホテルのレストランで和食に不自由をしていないのではないでしょうか？」

「いや、君の料理は繊細で惹《ひ》きつけられる」

さらに褒められてうれしいのは否《いな》めないが、サマンサによればイザベラとアメリアは神楽さんと関係を築きたいようなので、私とこうして会話をすることを快く思わないはず。

「すみません。これを作り終えませんと。お席にお戻りください」

「邪魔をした。最高の料理に賛辞を伝えたかったんだ」

私の物言いに気を悪くした様子はなかったが、ただそれだけのことだったのだと、内心がっかりした。

「ありがとうございます。デザートもぜひお召し上がりください」

そのときサマンサが戸口に現れ、神楽さんの姿にギョッと目を丸くした。

彼も誰かが来たことに気づいたのだろう。

神楽さんは私から離れて、サマンサの横を通ってキッチンから立ち去った。

彼の姿がなくなると、サマンサが目の前にすっ飛んでくる。

『エマ！　彼はどうしてここに？』

団子を涼しげなお皿に取り分け、冷やしておいたみたらし餡《あん》をかける。

『お料理を褒めに来てくれたの。たまにレストランのシェフに賛辞を送るため、テーブルに呼ばれることがあるじゃない？　それと同じよ』

『そう。優しくて素敵《すてき》な男性ね』

サマンサの言葉に肩をすくめながら、みたらし餡の上にきな粉を添えた。

『さあ、できたわ。お願いします』

『うわぁ～これもおいしそう。さっそく持って行くわね』

サマンサは再びデザートのお皿をトレイに乗せてキッチンを出て行った。

すべての料理を作り終え、ようやく自分たちの食事を摂ることができる。

取り分けておいた料理をふたり分、いつもの場所に並べ、サマンサが戻って来るのを待つ。

さほど待つこともなくサマンサが戻って来る。トレイを作業台に置くと、私の隣の椅子《いす》にいそいそと腰を下ろした。

『もう少ししたら、ゲストは帰るって言っていたわ』

『そう。ダイニングはゲストが帰ってから片付ければいいから食べましょう』

『ふふ、食べるのが楽しみだったのよ。いただきます』

サマンサは相当おなかが空いていたようで、さっそくお箸を持って食べ始めた。

『エマ、あなたに会うまで日本料理はほとんど食べたことがなかったけど本当に最高。ゲストもわざわざお礼を言いに来るなんて、よほど気に入ったのね。それにしてもあの男性、とってもセクシーだったわ』

『料理をおいしく食べてもらえて、私もうれしいわ。でも、サマンサ。フィリピン料理が懐かしいでしょう？　今度教えて。作ってみるから』

『いいの？　楽しみだわ！』

『サマンサが作った方がおいしいかもしれないけどね』

そう言って微笑《ほほえ》んだとき、キッチンにアメリアが入って来た。

『ゲストは帰ったわ。どうして仕事も終わっていないのに食べているの！　早くダイニングを片付けて！』

片方の眉を吊り上げて苛立《いらだ》った様子に、私たちは椅子から揃って立ち上がる。

『アメリア、イザベラから許しをもらっていますから』

雇い主から許可をもらっている旨《むね》はどうしても言わなくては。

『まあ！　ママも甘いこと！　でもママが許しても私が許さないわ！　早く片付けなさいよ』

アメリアに追い立てられるようにして、私たちはトレイを持ってキッチンを出た。

『メイドの私に言うのならまだ許せるけど、エマ、あなたは専属シェフよ。こき使われる立場じゃないのに』

『でも同じ使用人よ。さっさと済ませちゃいましょう』

ダイニングルームへ入るとイザベラの姿はなく、私たちはテキパキとお皿やグラスを集め、テーブルの上を綺麗にした。

三月になった。

アメリアがヤング邸に住み始めて一週間が経ったが、私やサマンサをはじめメイドたちの仕事は二倍以上になった。

イザベラがいるときはアメリアの私たちに対する言葉遣いはいいのだが、席を外したり留守になったりすると彼女の態度は豹変する。

十四時過ぎ、キッチンで新しいメニューを考えていたところ、遠くの方から何かが割れる音が聞こた。

気になってキッチンを出て、メイドたちを捜す。

この時間、アメリアはプールにいる。

アメリアは癇癪《かんしゃく》を起こすと物に当たり散らすのが癖《くせ》で、すでにいくつものグラスやインテリアで飾られている陶器などの調度品を壊している。

それは私よりもメイドたちの前で行われることが多く、もちろんイザベラがいないときに限る。そして、割った本人なのに知らん顔を決め込んでいる。

アメリアの愚行を訴えても、彼女を猫っかわいがりするイザベラは肩をすくめるだけだ。

イザベラに話しても無理だと悟ったメイドたちは、アメリアの癇癪に目をつぶるようになっていた。

プールのそばにはなんの痕跡もない。

周囲をぐるりと見回すと、屋根のあるガゼボでサマンサを見つけた。

彼女は割れたお皿の破片《はへん》を箒《ほうき》で集めていた。

『サマンサ、大丈夫？　アメリアは？』

『……ええ、大丈夫よ。アメリア様ってば急に癇癪を起こして、フルーツの入っていたお皿を地面に投げつけたのよ』

なんの理由もなく、突然癇癪を起こすだなんて、彼女の行動は異常すぎるのではないかと思う。

だが、母親の前では温厚な優しい娘になるので、計算されたものなのだろうとも考えてしまう。

片付けを手伝おうとする私を、サマンサが『大丈夫よ』と止める。

『手を切らないよう気をつけてね』

ふと神楽さんに初めて出会ったときのことを思い出す。

あのときグラスの破片で傷つけた指先も、今はもう傷跡もなく綺麗に治っている。

そして、ディナーから数日経つけれど、あれからスタジオへ行っても彼と会うことはなかった。

日本人《私》がハリウッドの有名女優のもとで何をしているのか、ちょっと興味を引かれただけだったのだろう。

『じゃあ、私はキッチンへ戻るわね』

『ええ』

それにしても……アメリアのことをどうにかしなくては。メイドたちは彼女が住み始めてから疲弊《ひへい》している。

イザベラの専属シェフとして、メイドたちよりはるかに高い年俸をもらい、信頼されている私が進言しなければと思っている。

その夜、イザベラとアメリア母娘がダイニングルームのテーブルにつき、楽しそうに会話を弾《はず》ませている。ひとり暮らしだった頃より、イザベラは楽しそうだ。

アロエベラのカルパッチョのお皿を運び、それぞれの前に置く。最近疲れているサマンサは部屋で休んでもらっている。

『エマ、ありがとう。これ大好きなのよ』

イザベラがうれしそうに顔を緩ませたところで、アメリアが口を開く。

『そうだわ、ママ。明後日の金曜日、フロリダへ行くでしょう？　エマを連れて行かないでほしいの』

イザベラはフロリダにいる友人に招かれて二泊三日で遊びに行く予定だった。当然、彼女の専属シェフである私も同行することになっていたのだけれど。

『あら、どうしたの？』

『土曜日にパーティーを開きたいの。エマにお料理を作ってもらいたくて』

『それならケータリングにすればいいのに』

娘に甘いイザベラだが、〝食〟に関しては譲れない雰囲気《ふんいき》をにじませる。

『ケータリングなんてエマの料理とは雲泥《うんでい》の差よ。エマを自慢したいのよ。ね？　いいでしょう？』

アメリアは甘えた声で母親に頼んでいる。

『エマを連れて行けないなんて……でも、仕方ないわね。人脈づくりのためにはパーティーも必要よ。おいしい料理をお出しして、あなたの株を上げなくてはね』

イザベラの言葉に内心驚いたが、娘に頼まれれば嫌と言えないのだろう。

フロリダの友人は大富豪で、そちらにも専属シェフはいると聞いている。だから、私が同行しても……と考えてはいたが。

彼女はどこへ行くにも、マネージャーのマゼンダや専属のヘアメイク、そして専属シェフの私を連れて行ってたけれど、今回私は居残りが決定した。

イザベラの留守を、今からメイドたちは戦々恐々としていた。

『ママ、ありがとう！　エマ、よろしく頼むわね。あとでメニューの相談をしましょう。あ、ミスター・カグラがいらっしゃったときに出したローストビーフはおいしかったわ。あれは絶対に出して』

『わかりました』

ため息が出そうになるけどぐっと堪《こら》え、ふたりに軽く会釈をしてその場を離れた。

アメリアのリクエストは、普段イザベラに作っているようなヘルシーな食事ではなく、カロリーなど気にしない贅沢《ぜいたく》なメニューばかりだった。

まだ若いアメリアと、その友人たちなので、そういったメニューをリクエストするのも無理はないと納得する。

お客様は十人程度で、屋敷の右翼にあるパーティールームを使う。

金曜日の朝、イザベラがフロリダに発つと、普段も綺麗に掃除をしているパーティールームを念入りに磨くよう、アメリアから指示される。

メイド三人の休日は、普段から交代で週二日休めるようになっている。

本来であれば休みだったサマンサもアメリアの命令には逆らえず、休日返上で掃除に駆り出されることになった。

土曜日のパーティー開始時間は二十時からだが、朝食後からパーティーメニューの準備に追われた。

食材は宅配業者に頼んだが、足りないものを買いに外へ出る。ひとりになってホッとする間もなく、目的のものを手に入れるとすぐさまタクシーで屋敷に戻った。

アメリアは朝から出掛けている。帰宅時間がいつになるのかわからず、休憩も満足に取れない。

五人分のランチを用意して、アメリアがいつ戻って来ても食べられるように準備しておく。

十二時になると、掃除中の三人のメイドをキッチンに呼んで昼食を食べる。

『エマ、私たちの分もありがとう』

離れに住んでいるシシリアとメラニーは二十六歳のアメリカ人で、二十二歳のときに田舎から出てきて屋敷の離れに住み込み働いている。

『いいえ。簡単なものだけど、どうぞ食べてください』

オムライスとアボカド、キュウリ、ハム、トマトを四角く切ったコブサラダだ。

『エマの料理は絶対においしいもの。いただきます』

サマンサも食べ始め、咀嚼《そしゃく》をしてから思い出したように口を開く。

『今朝、アメリア様が言っていたけど。パーティーのゲストのお迎えも、アルコールのサーブもしなくていいって、どういうことなのかしら』

『そうよね。お料理を出したら部屋から出てくるなとも言っていたわ』

『もしかして……いかがわしいパーティーだとか？』

メラニーが冗談めかして笑う。

『まさかー、有名女優の娘だし、本人もモデルよ？　常にパパラッチに狙われているのにあり得ないわ』

サマンサは首を左右に振って否定する。

『でも、ドラッグはあり得るんじゃないかしら。彼女の最近の様子はちょっと変だもの』

シシリアの言葉に、私ももしかしたらそうなのかもしれないと思う。

『部屋から出ないでって言われても、料理を出しっぱなしで何か足りないものがあったらと思うと気になるわ』

私の言葉に三人は頷《うなず》く。

『そうよね、突然怒り出すから。とりあえず言いつけを守りましょう』

年長者で一番古株のサマンサが渋い顔をしながらもまとめた。

リクエストされたローストビーフや、新鮮な野菜をスティックにしたバーニャカウダー、具だくさんのピザ、アボカドロール、手で摘まめるポテトフライやナゲットなど、十人ほどのゲストの胃袋を満たせる量の料理を作り、サマンサたちがパーティールームに運ぶ。

夕方帰宅したアメリアはひとりでスパークリングワインを開け、飲みながらパーティールームで逐一メイドたちに指示を出している。

アルコールもたくさんパーティールームに用意し、食事や飲み物の準備が終わると、最初のゲストの来訪をチャイムが告げた。

『もういいわ。朝言ったこと、わかっているわね？』

ちょうどパーティールームにいた私たち四人に、アメリアはもう一度念を押す。

『はい。私たちはこれで失礼いたします』

代表してサマンサが言って、パーティールームを出る。

パーティールームは玄関ホールの右手にあり、住居部分を通らずに済むので、私たちがゲストに会うことはないだろう。

みんなは私が作ったディナーボックスを持って、各自部屋に戻った。

次々とチャイムが鳴って一時間ほど経つと、パーティールームから明るく陽気な音楽が聞こえてきた。

シシリアたちはパーティールームから遠い離れなので問題ないはずだが、部屋が近いサマンサはかなりうるさいだろう。

少し離れた私の部屋でさえ気が散るほどうるさいのだから、これが一晩中続いたとしたらサマンサは眠れないかもしれない。

スマートフォンを出して、サマンサへメッセージを打つ。

【うるさいでしょう？　私の部屋で眠ったらどうかしら？】

部屋を出ないように言われたけれど、彼女の部屋からここまで三十メートルくらいだ。私の部屋に移動するくらいはかまわないだろう。

メッセージを送ってすぐにサマンサから返事がくる。

【かなりうるさいわ。でも、少し様子を見てみる。あまりにも耐えられなかったら今晩は泊めてね】

やっぱり、かなりうるさいのね。

【ええ、いつでも来てね】

パーティーは何時までやるのかわからないが、まだまだ宵《よい》の口だろう。

シャワーを使いベッドに横になったのは二十四時三十分。まだ音楽は鳴り響いており、サマンサからの連絡はない。

この騒音にもめげずに眠ってしまったのかも。

ようやく、周囲がが静まったのはそれから三十分後だった。

サマンサが眠れていなかったとしても、これで大丈夫だろう。部屋に鍵をかけているので、彼女が来たらと考えたら就寝できなかったのだ。

ホッとして、目を閉じると眠りに引き込まれていった。

いつもの時間に起床してキッチンへ向かう。

しーんと静まり返った邸宅は変わらないが、ゲストは帰ったのだろうか。

泊まっているとしたら、朝食を用意しなくてはならない。

自分たち用のソーセージを焼いているところへ、サマンサがキッチンに現れる。

『サマンサ、おはよう』

『おはよう』

寝不足なのだろう。あくびを噛《か》み殺している。

『ゲストは帰ったかわかる？』

『何回かはドアの音がしていたけど、帰ったかまでは……』

サマンサの表情が普段よりも暗いような気がする。

眠れなくて、疲れているのだろう。

『じゃあ、泊まっていたとしても大丈夫なように、とりあえずすぐに作れるよう用意しておかなきゃ。私たちの朝食、もうできるからね』

フライ返しでフライパンの中のソーセージを転がしてからお皿に盛り付け、目玉焼きを焼く。

オーブントースターからパンの焼けた合図の音がし、コーヒーをカップに入れていたサマンサがカゴに入れてくれた。

『できたわ！　さあ食べましょう』

料理の載ったお皿を作業台に置いて椅子《いす》に座ると、サマンサも隣に腰を下ろす。

『サマンサ、どうかした……？　元気がないわね』

『え？　そうかしら？　きっと、昨夜の騒音で睡眠不足なのかも』

『それは無理もないわ。たくさん食べて力をつけて』

サマンサに勧めてから、コーヒーをひと口飲みトーストをかじった。

アメリアがキッチンに現れたのは十三時過ぎ。気だるそうに戸口にもたれて『水をちょうだい』と言われ、冷たい水をグラスに入れて持って行く。

『どうぞ』

彼女はグラスを持って口をつけてから、いきなりその中身を私の顔に浴びせかけた。

『な、何をするんですか』

『誰が冷たい水って言ったのよ！　起きたばかりなんだから常温が当然なのがわからないの⁉』

ヒステリックに言い放ったアメリアはウォーターサーバーにつかつか近づき、水を半分ほど入れてからお湯のスイッチを押して、グラスを満たす。

その様子を水が滴《したた》るままぼうぜんと見ていた。

『軽い食事を作りなさい。プールサイドで食べてからゲストは帰るわ。そのあと塵《ちり》ひとつなく掃除をするようメイドたちに言いなさい』

高飛車に命令して、アメリアはキッチンから立ち去った。

グラスにたっぷりの水を浴びせられたので、顔からTシャツ、エプロンまでびっしょりだ。

大理石のタイルを掃除してから、着替えに部屋に戻った。
『うわっ、ひどい散らかしようね！』
誰もいなくなったパーティールームへ入った途端、シシリアが目を丸くする。
アメリアはランチを食べたゲストと一緒に出掛けた。
『それに、なんの匂いかしら、臭《くさ》いわ』
キッチンから持ってきたワゴンを止めて、嗅《か》いだことのない匂いに顔を顰《しか》める。
『ドラッグよ。窓を全開にしましょう』
『ド、ドラッグ……？』
『この匂いはおかしいもの』
サマンサは眉間に皺《しわ》を寄せて窓を開け放ち、私たちも彼女に倣《なら》う。
ドラッグ……イザベラはアメリアがやっていることを知っているの……？
気になるが、今考えても仕方がない。
残り物が散らかり放題のテーブルに近づく。
『お料理、せっかく作ったのに、半分近く残っちゃってるわ』
窓を開け終えたメラニーは憤慨《ふんがい》する。

『仕方ないわ。少なくても文句が出るでしょうし……』

食材を破棄するのはもったいないが。

『そうよね。その分、アルコールは全部空だわ』

ため息を漏《も》らしたあと、シシリアは持ってきていた段ボール箱に瓶を入れ始めた。

私も残飯をひとつの深皿に集め、散らかったテーブルの上を片付けていった。


日曜日の夕方、イザベラがフロリダから戻って来た。

私たち四人はホールで出迎える。

明日から撮影があるので短い滞在だったが、イザベラは私の顔を見るなり『エマのお料理が食べたかったわ』と悲しそうな表情を見せる。

『マゼンダから今夜のリクエストを送ってもらっていましたので、作り始めていました』

ビーツのスープやライ麦パンの上にカッテージチーズのディップ、鶏むね肉のステーキ、抹茶プリンがリクエストだった。

『ええ。頼むわね。シャワーを浴びてくるわ。あ、アメリアは?』

実は昨日ゲストと出掛けてからまだ戻って来ていない。

『お出掛けになっています』

『そう。まあ、お付き合いも大切だものね』

イザベラはらせん階段を上がって二階にある自室へ向かい、キャリーケースをサマンサが運んだ。


翌日、スタジオへランチを届け終わり、控え室を出て「あ！」と声を上げる。

驚くことに二メートルほど先に神楽さんが立っていたのだ。

「神楽さん……」

「今日、イザベラがスタジオ入りと聞いていたから、君が現れると思っていた」

「……私に用が？」

「ああ。絵麻、君を食事に誘いたい」

そう言いながら、神楽さんは目の前に歩を進めてくる。

思わぬ誘いに心が浮き立つが、断るしかないのが残念だ。

「申し訳ありません。食事する時間が取れないんです」

「時間がない？　大事なのは君の気持ちだ。それとも、ていよく追い払おうとしているのか？」

断らなければならない気持ちの憤《いきどお》りを堪え、首を左右に振る。

「違います！　追い払うだなんて……。本当に時間がないんです。初めて出会ったときもやっと休日をもらったのに呼び戻されたところで。だから……もし出掛けられたとしても、イザベラに呼ばれたら食事中に抜け出すことになるかもしれません」

「では、俺と食事をする気持ちはある？」

「……はい。でも無理なんです。お誘いくださり、ありがとうございました。失礼します」

ほんの二、三時間でさえどうして時間を取れないのか、きっと彼は不思議に思っているだろう。

「待つんだ」

立ち去ろうとした腕が掴《つか》まれる。

そこへ――。

『あら、ミスター・カグラとエマ。こんなところでどうしたの？』

イザベラの声がしてビクッと肩が揺れる。

振り返ると、神楽さんの手が腕から離れ、私はイザベラに向かって小さく笑みを浮かべた。

『お疲れ様です』
『ああ、イザベラ。ちょうど良かった』
私と神楽さんが同時に声を発し、役のままのドレス姿のイザベラが首を傾げる。
「君は黙ってて」
神楽さんは私に向かって日本語で言ってから、英語に切り替える。
『イザベラ、彼女とデートがしたい。絵麻の休日は？』
『まあ……』
イザベラは心底驚いた様子で、私と神楽さんの顔を凝視する。
『まさか一週間、働きづめのはずはないだろう？　絵麻に聞いてもはぐらかされてね』
『え、ええ。もちろんよ。たしか、今週の土曜日が休日だったたわよね？　エマ』
イザベラは取り繕うように笑い、私に尋ねた。
『そ……そうでした』
『良かった。では、絵麻。十時に迎えに行く。いいね？』
あれよあれよと、イザベラから休日をもぎ取り、私に約束をさせる。
『は、はい』
『では、イザベラ失礼する』

『ええ。ミスター・カグラ』

神楽さんがその場から立ち去ってから、イザベラが控え室に入るよう促す。

部屋に入ると、ラグジュアリーな三人掛けのソファに彼女は座って、ほっそりとした脚を優雅に組んだ。

『エマ、ミスター・カグラといつから仲良くなったの？　もしかして、私の隙を見て会いに行っていたのかしら？』

『そんなことしません。偶然、カフェで知り合ったあと、あなたがゲストで彼を呼んで、食事のお礼を伝えてくださっただけです』

『そう……、ミスター・カグラは大事な人よ。彼の機嫌は損ねたくないわ。土曜日は彼に嫌われないようにしなさいな』

大事な人……？

往年のハリウッド女優である彼女が神楽さんを重要視するのが不思議である。

『イザベラ、ミスター・カグラが大事な人とは、どういうことでしょうか？』

『彼のことは？』

『いいえ。ロイヤルキングスパレスホテルのＣＢＯだということだけです』

しかし、女優志願やイザベラの件、このスタジオに入館できるということは、エンターテインメント業界にもかかわりがあるのだと思っている。

『ミスター・カグラは老舗《しにせ》ホテルのＣＢＯであり、投資家でもあるの。この業界だけではなくて、多方面で。わかったなら行っていいわ』

『はい。失礼します』

軽く会釈をして、控え室から出てドアを閉める。そこでホッと息をついた。

私が……神楽さんとデート……。

彼が私を誘ったのはどうして？

困惑するが、とりあえず土曜日は休日になる。

神楽さんの機嫌を損ねないようにと言うくらいなのだから、イザベラは私の料理が食べたくなっても連絡をしてこないだろう。

土曜日の朝、神楽さんと会うこともそうだが、今日一日フリーであることに気持ちが浮き立っている。

イザベラの朝食を作ったあと、まるで遠足に行く小学生のような楽しい気分で、部屋に戻った。

イザベラは渋い顔で、友人たちとランチとディナーに行くと言っていた。

最近のアメリアはほとんど顔を見せない。

外泊続きで、暴言を吐《は》かれないので私たちは気が楽だけど、イザベラは『せっかく同居したのに』と、顔を顰めている。

「さてと、着替えなきゃ」

昨晩考えたノースリーブの水色のトップスに白のサブリナパンツをチェストの上に出していたが、これでいいのか迷う。

神楽さんはイザベラに私をデートに誘いたいって言っていたっけ……。この年になっても、実はデートは片手で足りるほどしかない。

あまりおしゃれにしすぎても、意気込んでいるみたいに思われそうだし……。

でも、パンツスタイルではなくスカートにすべきかと再び悩む。

クローゼットを開いて腕を組んだとき、ドアがノックされた。

『エマ、私』

サマンサだ。

『入って!』

私の合図でドアが開き、サマンサが顔を覗《のぞ》かせる。

『あら、まだ着替えていなかったのね』

『それが……、何を着ればいいのか迷って。それで、サマンサはどうしたの？』

迷うほどクローゼットには、さほどおしゃれな服はないのだが。

『エマはいつも髪を下ろすか、ひとつに結ぶだけでしょ。編み込んでハーフアップにしたらどうかしらと思って』

サマンサはショッキングピンクのポーチを掲げてみせる。

『ありがとう。じゃあ、ワンピースにしようかな』

サックスブルーで白い小花をあしらった半袖のAラインワンピースだ。Vネックで前ボタン、ふんわりした袖を気に入って購入したが、まだ一度も着ていない。

『それがいいわ。せっかくのデートだものね。しかもあのセクシーな男性とだなんて！』

『デートかは……。私が、休みがないって言ったから、ミスター・カグラは同情して誘ってくれたのだと思うわ』

『そうかしら？　料理のお礼にキッチンまで現れたし、エマに気があるとしか思えないわ』

私に気がある……？　それは考えすぎよ。

『約束は十時だったわよね？』

『え、ええ。あ！　もうあと三十分しかないわ！』

白いTシャツとジーンズを急いで脱ぐと、ワンピースを身に着けた。

なんとか支度を済ませて屋敷を出て、門の外に立ったのは約束の二分前。急ぎ足だったので、少し息を切らしている。

まだ神楽さんの姿はなくて胸を撫《な》でおろした。

雇われの身なので、玄関で出迎えるのは嫌だったのだ。

息を整える暇もなく、目の前に艶《あで》やかなワインレッドの高級外国車が停まった。

神楽さんが運転席から降りてくる。

「絵麻、どうしてここにいるんだ？」

「私は使用人なので、玄関で出迎えるのは……」

「そうだったな。じゃあ、さっそく乗って」

助手席のドアを開けた神楽さんは私を促し、久しぶりのスカートに気をつけながらシートに座った。

神楽さんは助手席のドアを閉め、運転席に回って腰を下ろす。

「どこへ……？」

「ラスベガスへ行こうと思うんだが、どうかな？」

彼はハンドルを握り、車が走り出す。

「ラ、ラスベガス⁉」

想像もしていなかった場所を告げられ、驚いて目をむく。

「そんなに驚かなくても」

神楽さんは愉快そうに口元を緩ませる。

「日帰りなんてもったいないなって思ったんです」

「クッ、泊まってもいいと誘ってる？」

「ええっ？　そ、そんなんじゃないです。ラスベガスなんて遠いし、今から行ったらもったいないなと。泊まれるわけがないです」

「飛行機で一時間ちょっとだから、日帰りでも十分楽しめる」

想定外のデートに胸が高鳴ってくる。

「正直言って六年近くここにいるのですが、ほとんど出掛けていなくて。うれしいです。あ、イザベラのロケには必ず同行するので、あちこち連れて行ってもらっていますが」

「そんなに長くＬＡにいるのか」

「はい。高校卒業後、料理学校へ二年間通ってから渡米しました」

ここへ来てからの話をしているうちに、ロサンゼルス空港のパーキングに到着した。

国内線はイザベラの付き添いで何度も利用しているので、どこへ行けばいいのかわかっている。

車を降りてそちらへ向かおうとするが、神楽さんは「そっちじゃない」と言って、私の手を掴み、どんどん違う方向へ進んでいく。

「神楽さん、チェックインカウンターは？」

「必要ない」

「必要……ない……？」

「そう。プライベートジェットで飛ぶから」

驚きすぎて思わず立ち止まりそうになったが、手を繋《つな》がれているので神楽さんについて行く。

彼はそんなすごい人なの……？

でも、プライベートジェットは借り物かもしれない。

だけど、そうだとしたらキャリアのフライトで飛んだ方がはるかに安く行けるのでは？

色々と思案しているうちに、外に出て白い機体が眩《まぶ》しい豪華なプライベートジェットが見えてきた。

「あれだ」

「素敵ですね……。所有者の方は？」

「俺だ」

「……驚かせすぎです。神楽さんってすごい人だったんですね」

「頻繁に出張があるから、これの方が時間を取られずに済むんだ」

サラッと言ってのけ、プライベートジェットに近づくと、機体の外に立っていた白い制服姿の男性ふたりに出迎えられる。

長距離移動ではないので、キャビンアテンダントは乗っていないそうだ。

タラップを上がって、ラグジュアリー感たっぷりの機内にさらに目が丸くなる。

落ち着いたクリーム色の豪華な椅子が両サイドに一席ずつあり、それが五列。後部には会議ができるような大きなテーブルとソファが見える。

「ここに座って」

言われるままに前の席に腰を下ろし、神楽さんは通路を挟んで隣の椅子に座った。

「シートベルトを」

「あ、はい」

言われるがままに、シートベルトを装着する。

座った席からもコックピットが見えて、夢のようだ。子供みたいにウキウキしてくる。

プライベートジェットに乗れるなんて、夢のようだ。

「フライト時間は一時間十分くらいだ」

エンジン音が足もとから響き、機体がゆっくり動き出した。

「慣れているんですね」

「週三日はラスベガスに滞在している。買収したホテルを改装している最中なんだ」

「ロイヤルキングスパレスホテルが、ラスベガスにもできるんですか？」

「ああ。メインストリートに」

ラスベガスは高級ホテルがひしめき合っている。

イザベラに同行して一度きりしか訪れたことはないが、煌《きら》びやかでゴージャスでリッチな雰囲気が漂うホテルばかりだったのを覚えている。

プライベートジェットはスピードを上げて滑走路を進んだのち、ふわっと浮き上昇する。

「せっかくのお休みなのにラスベガスへ行くなんて、いいんですか？」

「ああ。仕事中はホテルからほとんど外に出ないから。案内できるほど詳しくはないんだ」

「私もラスベガスは一度、イザベラの仕事で同行しただけです」

「行きたいところがあれば遠慮なく言ってくれ」

「はいっ、ありがとうございます」

うれしくて顔が緩むのを抑えられない。

神楽さんから窓へ顔を向け、眼下に小さくなっていくロサンゼルスの街並みを眺《なが》めた。

プライベートジェットはあっという間にラスベガス、マッカラン空港へ到着した。

神楽さんにエスコートされて、迎えに来ていた車に乗り込む。

「もう昼だな。先に食事をしよう」

「はい」

閑散とした風景から徐々に煌びやかで派手な建物が見えてきた。

久しぶりの外出で楽しいが、ふと、イザベラから連絡があったらこのウキウキした気持ちが萎《しぼ》んでしまう不安に駆られる。

「どうした？　顔が曇った」

「そ、そんなにすぐつっこまないでください……私、わかりやすいですか？」

「ああ」

即座に肯定されて苦笑いになる。

「で、急にどうしたんだ？」

「……イザベラから連絡があったら……と、気になったんです」

「スマートフォンを貸して」

「え？」

「いいから」

手を差し出され、バッグからスマートフォンを取り出して、大きな手のひらに置く。

見ているうちに、彼はスマートフォンの電源を落としてしまった。

「あ！」

「これで気にならない」

神楽さんは満足そうに言い放つ。

「それでも気になります！　なぜ電源を切ったのかイザベラに問われます」

「俺に切られたと言えばいい」

彼は余裕の表情で、肩をすくめる。

「突発的で緊急なことがあったら……」

「そのときは俺のスマートフォンにかかってくるだろう。彼女は番号を知っている」

「でも、写真を撮りたいのに……」

「俺が撮って送るよ」

しれっと不敵な笑みを浮かべられて、ぐうの音《ね》も出ない。

彼との言い合いは敵《かな》わないようだ。

「うちのホテルはまだオープン前だから、隣のホテルで食べようか。何が食べたい？」

「……ホテルではなく、フィリピン料理を食べられるところではだめでしょうか？」

「フィリピン料理？」

「はい。同僚のサマンサがフィリピン人で、今度フィリピン料理を作ってあげる約束をしているのですが、食べたことがないので味を知りたいなと」

「なるほど」

神楽さんは運転手にフィリピンレストランを知らないか、流暢《りゅうちょう》な英語で尋ねている。

『では、そこへ行ってくれ』

運転手はダウンタウンにある、評判のいいフィリピンレストランを知っていると言い、そこに向かうようだ。

「ありがとうございます。せっかくホテルのレストランでの食事を考えてくださっていたのに」

「別に謝ることじゃない。ホテルの料理はいつでも食べられるし、飽《あ》きてもいる。だから、君の料理はとてもおいしく感じたんだ」

「家庭料理が恋しいんですね。こちらへ来てどのくらいなんですか？」

イザベラは一年たっていないと言っていたけど。

「去年の五月だ。そうだな。素朴《そぼく》な家庭料理が恋しいのかもしれない」

「私でよかったら作りますと言ってあげたいですが、時間が取れなくて……」

「専属シェフの給料はいいかもしれないが、体は大丈夫なのか？　ちゃんと休めている？」

ここで神楽さんに不満を言っても仕方がない。雇い主に振り回されて疲れ果てているが、もう諦めている。

アメリアが屋敷に来てから、イザベラにどんなに引き留められたとしても再契約はしないと心に決めていた。

「大丈夫です、問題はないですから」

にっこり笑うと、神楽さんは「ならいいが」と頷いた。

運転手のお勧めだというフィリピンレストランは、十人も入れば満席になるくらいの小さな店だった。

『飲み物はいかがですか？』

私の母くらいの年齢のフィリピン人女性の店主は、飲み物のメニューを神楽さんに渡す。

「絵麻、アルコールは？」

「少しなら飲めます」

「では、ビールにしよう。フィリピンブランドのビールは欠品しているようだから、これが飲みやすい」

神楽さんは店主にアメリカの軽めのビールブランドをオーダーする。

それからポピュラーなものをいくつか食べたいと頼む私たちに『任せてね』と言って、厨房にオーダーをしに行った。

「神楽さんは、フィリピン料理は食べたことありますか？」

「以前、仕事で訪れたときに食べたくらいだ。まずかった印象はないよ」

「今日食べておいしかったものをネットで調べて、サマンサに作って驚かせたいんです」

「あのとき、食事を運んでくれていた女性がフィリピン人だったように見えたが」

「はい。彼女がサマンサです。あとはアメリカ人のふたりが離れの家で暮らしています。みんな仲がいいですが、サマンサはメインハウスに住んでいるので、特に仲良くしてもらっています」

そこへ店主が缶ビール二本と料理を運んできた。

『お待たせしました。これはキニラウと言って、酢でしめたマグロの刺身を野菜であえたマリネだよ。奥さん、旦那さんに取り分けてやってね』

え……？

「ちが――」

否定しようと口を開いたのに、店主は忙しそうに厨房へ消えていく。

「俺たちは夫婦に見られているみたいだな」

神楽さんは楽しそうに笑みを漏《も》らす。

「結婚指輪をしていないのに、そそっかしいですね」

なんだか、妙に恥ずかしい。

「食べよう」

「あ、取り分けます」

色とりどりの野菜とマグロをお皿に取り分けて、神楽さんの前に置く。

マリネなのでさっぱりいただけそうだ。

「いただきます」

ひと口食べると、爽《さわ》やかな味が口いっぱいに広がる。

「ライムが利いていておいしいです。これなら材料も簡単に手に入りますし、すぐに作れます」

それから、野菜とエビをベースに煮込んだシニガンと言われるフィリピンの伝統スープや、やはりエビと野菜を使ったビーフン料理を食べながら、ビールを飲んで、いろんな話をする。

ルンピアと呼ばれる春巻きのような細い揚げ物も出てきた。

どれもおいしい。帰宅したら、作り方をネット検索しよう。

サマンサにサプライズしたいので、彼女に聞くわけにはいかなかった。

「あの、聞いてもいいですか？」

「急に改まって、どうした？　いいよ、なんでも聞いて」

彼はビールをひと口飲むと、小さく笑みを漏らして促す。

「私と初めて会ったとき、ウエイトレスがあなたに向かってプロデューサーを紹介してほしいと言っていました。神楽さんはエンターテインメント業界に力があるのですか？」

「そうだな。数年前からアメリカの映画界に投資家として携わっている。最初に投資した映画が異例のヒットを記録して、この世界では有名になったんだ」

「ホテルのＣＢＯとしての地位もあるのに？」

それだけでも忙しいのではないだろうか。

「俺は神楽グループの現会長の三男で、兄がふたりいるし気楽な立場ではあるが、家業に携わっているのは当然の務めだと考えている。どっちの仕事も一応両立させているな」

神楽さんと出会い、ロイヤルキングスパレスホテルを経営する会社の〝神楽グループ〟が気になって、実はネットで調べていた。

神楽グループは日本でもトップ10に入る大企業だと知った。

ホテルや鉄道会社、商社など幅広いジャンルを担うグループだ。

名字が〝神楽〟というからには、血縁があるのだろうと思っていたけれど、現会長の三男だったなんて。

彼は生まれながらの帝王なのね。

「日本よりもこっちにいるのが性に合っているし、人材発掘や埋もれていた脚本から最高の映画になるまでの過程が面白くてね。同じくらい一からホテルを立て直すのも楽しい。今の生活に満足しているよ」

「そうだったんですね」

だからイザベラは神楽さんと親しくなりたかったに違いない。

そして、女優を含めて色々な人からの誘惑も多いはずだ。

こうして連れ出してもらえたけれど、デートという名の彼の暇つぶしなのだろう。

神楽さんには絶世の美女とだって付き合える稀《まれ》に見る容姿と財産がある。

私のような料理だけしか取り柄のないごく普通の容姿では、彼との深い付き合いなんて高望みでしかない。

再び車に乗り、メインストリートで降りる。

時刻は十四時近い。思ったよりフィリピンレストランで長居をしてしまった。

だけど、今日は完全なプライベートだ。

縛られるものもなく、まだまだラスベガスを楽しめるのでうれしい。

ロサンゼルスのハリウッド通りと少し雰囲気が似ているけれど、ラスベガスのメインストリートにはホテルごとに趣向を凝らした噴水ショーや火山ショー、各国の色が出ているホテルなど、見ているだけで心が躍る。

観光客がたくさんいる土産物店の前で私は立ち止まった。

「こっちに住んでいるのに買いたい物があるのか？」

「LAと違った感じで、見ているだけで楽しいです」

「それならチョコでも買う？」

ラスベガスの名所がプリントされたチョコレートを神楽さんに示されて、笑いながら首を左右に振る。

「こっちのチョコは甘すぎて。お菓子は日本のものが一番だと思います。話をしていたら、おせんべいとか食べたくなってきました。日本のお菓子が恋しいです」

「たしかに俺もそう思う。だけど、ランチを食べたばかりなのに？」

「甘いものは別腹ですよ。って、おせんべいはしょっぱいですけど！　さて、行きましょう」

再び歩き出した。

イザベラに同行したときは街を出歩くことはなかったので、訪れたことがあると言っても初めてに等しい。

混雑している土産物店から離れてぶらぶら歩き、ホテルの噴水ショーを見たあと、そこにある温室や植物園を歩く。

「ラスベガスは見るものが盛りだくさんで飽きないですね」

「時間があれば、グランドキャニオンやカヤックツアーなどのアクティビティも楽しめると思う」

イザベラとの契約が切れたら、しばらくの間アメリカ中を観光してみようかな。

そんなことを考えていたら、なんだかわくわくしてくる。

その後、屋内のショッピングセンターへ行き、ジェラートを食べたり、ショップを見たりして時間を過ごす。

神楽さんといると、楽しくてずっと胸が高鳴ってしまう。平静を装って接するのも一苦労だ。

気づけば十八時近くなっている。

五つ星ホテルに入るとすぐカジノが見えてくる。大抵のホテルはロビーからスロットができるようになっている。

賑《にぎ》やかな音が聞こえ、ここからでも大勢の人がスロットに興じているのがわかる。

「カジノをやったことは？」

「ないです」

「じゃあ、スロットだけでも試してみようか。おいで」

神楽さんの手が私の手を握り、キャッシャーのところへ連れて行かれる。

そこで彼は二百ドルほどコインに交換して、スロットマシーンの方へ進み、並んで座った。

「損をするだけだと思いますが……」

「ただ遊ぶだけで、金儲《もう》けなんて考えていないよ。好きに使って。このボタンを適当に押せばいい」

「で……は、遊ばせていただきます」

やり方を教わり、コインを投じて遊び始める。

結局ふたりで二百ドルを瞬《また》く間にすってしまい、無意識にため息を漏《も》らした。

「ため息が出るほどのことでもないだろう？」

「でも、あっという間でした。もったいなかったです」

「楽しく遊んだと思えばいい。そろそろ食事にしようか。腹が減った。行こう」

神楽さんの手が背中に触れて、鼓動がドクンと跳ねた。

彼はなんの気なしのエスコートをしているのだろうが、ドキドキして困ってしまう。

ホテルのイタリアンレストランで食事を済ませたのち、車でマッカラン空港へ送ってもらう。

駐機していたプライベートジェットに再び搭乗して、ラスベガスを離れた。

とても贅沢《ぜいたく》なデートだったたと、しばし余韻に浸る。

ロサンゼルス空港に近づく頃には、夢から覚めたような感覚に陥《おちい》った。

「神楽さん、写真を送ってくださいね」

彼は今日一日、要所要所で写真を撮ってくれていた。その中には、観光客に撮ってもらった私たちのツーショットもある。

「そうだったな。君の番号とアドレスを教えてくれ」

同じキャリアなので番号とアドレスがなくても写真なら送れるが、知りたいと思ってくれているのはうれしい。

スマートフォンをバッグから出して電源を入れる。

イザベラから連絡が入っていないか、ドキドキしながら立ち上がるのを待つ。

スマートフォンが明るくなり、彼女からの連絡はなくてホッと安堵した。

「イザベラからの連絡はなかったです」

「そんなうれしそうな顔をするとは、よほど気にかかっていたんだな」

「さっきまでイザベラのことはまったく考えていませんでしたよ。こんな長く自由に楽しめる時間をいただけたのは神楽さんのおかげです。ありがとうございました」

「俺も楽しかったよ」

スマートフォンの番号とアドレスを交換し、写真が送られてくる。

「ありがとうございます。いい記念になりました」

にっこり笑ってスマートフォンをバッグにしまったとき、プライベートジェットは着陸態勢に入った。


神楽さんの運転する車はビバリーヒルズのヤング邸の前に到着した。

「ここで大丈夫です」

「玄関まで送らなくてもいいのか？　イザベラが出てきたら？」

「もう休んでいると思います」

車内の時計を見るとすでに二十三時を過ぎており、静かに入れば誰にも気づかれないで済む。

サマンサは起きているかもしれないので、玄関近くの部屋にいる彼女とは顔を会わせるかもしれないが。

「わかった」

神楽さんは運転席から降りて、助手席のドアを開けてくれる。

「今日はありがとうございました。お気をつけてお帰りください」

もう一度感謝を込めて口にして、バッグから鍵を出した。

「ああ。おやすみ」

「おやすみなさい」

お辞儀をしてから、通用口のドアを開けて敷地の中へ入ってから振り返ると、穏やかな笑みを浮かべた神楽さんが、じっと私を見ていた。

「行って」

「はい。じゃあ……さようなら」

通用口を閉めて、邸宅に向かった。

車から降りるとき、次回の約束とかキスを少し期待していた自分がいた。

でも、何もなかったな。

苦笑いしているうちに玄関の前へ着いた。

静かに鍵を開けて入室すると、サマンサの部屋のドアが開いていたので声をかける。

『ただいま。イザベラの様子はどうだった？』

『エマ、おかえりなさい。イザベラ様ね……機嫌は悪かったけど。まあ、気にしない方がいいわ。で、デートは楽しかった？』

『ええ。でも、デートじゃないわ』

デートではなく友人同士の日帰り旅行みたいな感じだ。

すると、サマンサは笑って取り合わない。

『こんな時間まで一緒だったんだから、デートでしょう？』

『うーん……でも、デートじゃないの。早く寝なきゃ。明日話すわね』

『絶対に明日話してね。疲れたわよね？　おやすみなさい』

サマンサは念を押してから部屋に引っ込んだ。

今日はプライベートジェットに乗ったり、ラスベガスの街を歩いたり、普段できないことをさせてもらい現実離れしていたが、休日がほとんどないだなんて、こちらの生活もやはりおかしいことに気づかされた。

連れ出してくれた神楽さんに感謝している。

今度はいつ会えるだろうか……。
もっと彼のことを知りたいと思った。

三、最低な嫌がらせに

神楽《かぐら》さんと一緒に出掛けてから、二週間が経った。

あの翌日の朝、サマンサにプライベートジェットでラスベガスに連れて行ってもらったと話すと、彼女は目を丸くして驚いていた。

プライベートジェットだなんて、驚くのも無理はないが。

だけど、神楽さんがキスもしなかったことに、サマンサは渋い顔をした。

『日本人って奥手なの？』

『う〜ん……奥手というよりも、そこまで私に魅力がないせいだと思うわ』

休みもない私に憐《あわ》れみをかけたのが本当のところかもしれないと、一晩経って目を覚ましたとき思った。

彼のエスコートは女性に慣れていると感じた。

『エマに魅力がない？　バカ言わないで。あなたは綺麗《きれい》だし、料理は最高だし、どこに魅力がないって言うのよ』

サマンサは褒《ほ》めてくれるが、女性と男性の見方は異なると聞いたことがある。

最初の一週間は神楽さんからの連絡を期待していたが、まったく音沙汰《おとさた》がないので待ち望むのはやめた。

ホテルのCBOと敏腕投資家としての二足の草鞋《わらじ》を履いている神楽さんは多忙だと思う。

それに連絡が来たとしても、私自身の休みが取れないだろう。

イザベラからは『エマがいなくて本当に困ったの。毎日二、三時間の休みをあげるから長時間は休まないで』と言われた。

契約が切れるのは六月末なので、あと三カ月ちょっとだ。

だが、辞めると言ったらイザベラの反応はどうなることやら……想像するだけで憂鬱《ゆううつ》になる。


『あーおなか空いた～』

そう言いながら、サマンサはキッチンへ入ってきた。

今夜はイザベラのもとにマッサージ師が訪れているので、その対応を終わらせた彼女は凝《こ》った首を回しながらぼやいている。

イザベラの施術にはいつも二時間はたっぷりかかるので、ゆっくり夕食が食べられる。

『あら？』

首を動かすのをやめた彼女の目が作業台の上に留まる。

『これって、フィリピン料理じゃないっ』

『サプライズよ。おいしいかはわからないけど、食べてね』

夕食のメニューは、ラスベガスで神楽さんと食べたときと同じものにしている。

『キニラウにシニガン、ルンピアもあるわ！　エマ、ありがとう！　とてもおいしそうよ』

サマンサは椅子《いす》に座ると、満面の笑みでフォークを持ち、マグロと野菜のマリネのキニラウをひと口食べる。

『んー、すっごくおいしいわ。懐かしい』

『ちゃんと向こうの味になっている？』

彼女の隣に腰を下ろして、食べ進めるのを笑顔で見守る。

『なってるわ。さすがエマね』

『喜んでもらえてうれしいわ』

『ほんと、最高よ。エマも食べて！　メニューのチョイスも私の好きなものばかり』

サマンサはそう言って、フィリピン風の春巻き、ルンピアを摘まんで口にした。

私たちはイザベラのマッサージが終わるまでの時間、フィリピン料理を食べながらゆっくり話をして過ごした。


三月下旬、明日からロケで一週間ほどカナダのトロントへ行くことになり、そこでクランクアップするようだ。

もちろん私も同行する。

必要な食品でカナダに持ち込めるものは持ち運びやすいコンテナに詰め、新鮮な野菜などは現地で調達することにした。

今のトロントはまだ寒い。半袖で済むロサンゼルスと違い、コートやセーターが必要なので普段白Tシャツとジーンズでシンプルに過ごす私の一週間分の荷物は、いつもより多くなる。

翌日の十一時前、キャリーケースや食品を収納したコンテナを玄関先に置いたところで、イザベラが二階から下りてきた。

うしろからサマンサたちが六つのキャリーケースを運んでくる。

そこへアメリアが姿を現した。ノースリーブのワンピースを着ているが、腕にはシルバーのダウンコートをかけている。

え……？　もしかして……。

ダウンコートを持っているということは……。

『アメリア、用意はいいの？』

『ええ。あなたたち、私の部屋から荷物を下ろして』

一瞬、サマンサと目が合って、彼女も驚いた様子だったが、他のふたりと二階の彼女の部屋へ向かった。

『迎えの車は二台来るから、エマは荷物をよろしくね』

『はい』

『アメリア、忘れ物はない？　ダウンコートなんて、キャリーケースに入れて向こうに着いたら出せばいいのに』

『ママ、入らなかったのよ』

『それなら仕方がないわね』

数分後、サマンサたちがアメリアのキャリーケース四つを運んできた。

そこへ二台の車が玄関前に横付けられた。

高級外国車からマネージャーのマゼンダとボディーガードの男性ひとりが降りてくる。

『ふたりとも、お疲れ様。アメリア、行くわよ』

イザベラは高級外国車の後部座席を開けて待っているボディーガードに近づく。

その車にイザベラとアメリア、ボディーガードが乗った。そして、彼女たちを乗せた車は先に走り去った。

残った私たちは、みんなでワンボックスワゴンにすべての荷物を運び入れた。

『まさか、アメリアも行くとは思ってもみなかったわ。屋敷に残る私たちにはラッキーだけど。エマは大変だわ。頑張ってね』

サマンサが口元を曲げてから、私の肩をポンと叩《たた》く。

『ええ。びっくりしたけど、大丈夫よ。いってきます』

『エマ、いってらっしゃい』

シシリアとメラニーはワゴン車に乗った私とマゼンダに軽く手を振った。

車は門を出ると、ロサンゼルス空港に向かって走り出した。

『アメリアだけど、突然同行するって連絡があったのは今朝なのよ。急すぎて困っちやったわ』

　隣に座るマゼンダが不平を漏《も》らす。

『そうだったんですね。私もさっき玄関で知って……』

『ほんの少しでもエキストラでアメリアを出したいとイザベラが言い出して。おかげでチケットとホテルの手配に時間を取られちゃったわ』

　マゼンダは肩をすくめる。

『アメリアがエキストラに？』

『ええ。クラブで歌う女性の役をね。スクリーンで輝いているところをプロデューサーに認めさせて、今後に繋《つな》げたいの』

『母としてアメリアの将来が心配なんでしょうね』

『それはわかるけど、特別手当てをもらいたいくらいだわ。各所に電話を入れて調整をして、本当に大変だったんだから』

　それはそれで気の毒だと思う。仕事方面でマゼンダも、ヤング母娘に振り回されているみたいだ。

　ロケ出発日から突発的なことがあったが、撮影は順調に進み、私はイザベラ専用のトレーラーでほぼ三食を作り、ホテルとの往復と買い物以外は、ほとんど中で過ごした。

イザベラがいないとき、アメリアからいいようにこき使われたが、彼女はエキストラの撮影が終わると『寒くて嫌だわ』と言って、四日目にひとりでロサンゼルスへ戻ってしまった。

短いようで長い一週間が終わり、帰国の日はホッと安堵した。

イザベラをはじめ、ボディーガードとマゼンダ、私はトロント空港のラウンジで帰国便のフライトを待っていた。

出演者はまちまちに帰国し、ロケスタッフは明日トロントを発つ予定らしい。

『エマ、今週の土曜日の夜に二十名ほどゲストを呼んで慰労パーティーを開くわ。お料理をお願いね』

今週の土曜日といったら、五日後だ。準備時間が短いが「NO」とは言えない。

『わかりました』

『ゲストは撮影スタッフやプロデューサー、共演者たちよ。食材に糸目はつけないわ。おいしいお料理を作ってね』

『はい。メニューをまとめますので、あとで見てください』

イザベラは首を左右に振り、手をひらひらさせる。

『いいのよ。お料理はあなたの得意分野なのだから任せるわ。ああ、今回はスーパーフードを取り入れなくていいわ。アルコールも各種、上等なものを揃えてね」

『かしこまりました』

信頼を置いてくれているのはうれしいが、任されすぎても怖いときがある。

私はセレブリティのパーティーに参加したことはないので、自分の作るメニューをゲストが満足してくれるのか不安になるのだ。

何回かはそんなパーティー料理を作ってはいたが、イザベラと決めたメニューだった。

先日のアメリアのパーティーでは、料理をほとんど残されていたことが気になってもいた。

『ホールスタッフは五人ほど雇うから、サマンサたちにも手伝ってもらいなさい』

『そうしていただけると、助かります』

二十人分のパーティーメニューを作るには、準備や当日、人手がないと大変だ。

トロントから帰国してイザベラに夕食を作ったあと、就寝前までパーティーメニューを考える。

アメリアは三日前に帰国してから留守にしているらしい。

とにかく顔を合わせれば文句しか言われないので、私たちは胸を撫《な》でおろしているが、イザベラは眉を曇らせている。

パーティーメニューを考えていると、ふと神楽さんのことを思い出す。

どうしているかな……。

連絡先を交換しておいて、音沙汰がないのは寂しいの一言に尽きた。

「いけない！　時間がないんだもの。メニューを考えなきゃ」

目の前のパソコンに視線を戻す。

スターや業界人であれば高級なものを食べ慣れているだろう。ネットを開いてノートに書き留めていった。

アルコールはいつも頼んでいるショップに依頼したが、先日大量のスパークリングワインやウイスキーなどを納品したのにと、驚かれた。

アメリアのパーティーでほとんどなくなってしまったのだ。

この屋敷ではほとんどパーティーを開かないので、驚かれるのも当然だった。

パーティー当日。

十八時から行われるパーティーに備えて、昨晩から料理の下ごしらえをして、大型冷蔵庫に準備している。

その他、当日ではなければできない料理が盛りだくさんで早朝からキッチンの中を動き回っている。

三段のオーブンもフル回転だ。

サマンサたちはパーティールームやレストルーム、庭を念入りに掃除しており、彼女たちがキッチンの手伝いができるようになったのはパーティーの二時間前だ。

『エマ、遅くなってごめんなさい。ひとりで大丈夫だった？』

『ええ、手伝いをありがとう。さっそくだけど、カナッペの上にキャビアといくらを一列ずつ交互に載せてくれる？　シシリアとメラニーは、カトラリーや食器を運んでほしいの』

私の指示に三人は散らばって作業を始めた。

サマンサはキャビアの瓶とスプーンを持って、カナッペのサーモンの上に少しずつ置き始める。

『終わったわ。これ、おいしそうね』

サマンサが示したのは、作業台の上に並べてあるブラックオリーブを散らしたキッシュだ。

『スモークサーモンとほうれん草が入っているの。もちろんブラックオリーブも』

その他にも数種類のサラダ、こちらの人が食べやすい具材を入れた巻き寿司もたくさん作った。

ローストビーフは意外と簡単なので、他の料理の間に作れる外せないメニューだ。

美しいピンク色の断面のローストビーフを、見た目よく大皿に並べた周りにボイルした野菜を飾った。

タコスやミニバーガー、食べやすいように小さめのグラスに入れたゼリー寄せや、各種のピンチョスで、ブッフェテーブルに並べてもカラフルでおいしそうに見えるように心がけた。

その他、高級食材をふんだんに取り入れた料理や彩り豊かなフルーツもカットしてある。

デザートはフィナンシェやチョコレートがけのワッフル、プリンにゼリーと、昨日からずっとキッチンで働いていて、脚が棒のようで痛んだ。

『すごいわ。お疲れ様。ルンピアもあるのね』

『ええ。摘まめて食べやすいから、ブッフェスタイルにはいいと思ったの』

『残ったら私が全部食べちゃいそうよ』

サマンサはペロッと舌を出し、おどける彼女の姿を見て思わず笑みがこぼれる。

『そろそろ十八時ね』

最初に到着するのは撮影スタッフだろう。共演者たちはスターばかりだ。大抵遅れてくる。

しだいにゲストが集まり始めて、パーティールームの開け放たれたドアから賑《にぎ》やかな声が聞こえてくる。

今日は庭へ出られるように窓を開けているので、ゲストたちの声がキッチンまで届くのだ。

豆腐を生地に入れたドーナツを揚げ終わり、グラニュー糖をまぶしていると、サマンサに腕をクイクイと引っ張られた。

『どうしたの？』

『ミスター・カグラよ』

サマンサがにっこり笑ってキッチンから出て行くと、入れ替わるようにしてブラックスーツに身を包んだ神楽さんが近づいてくる。

「神楽さん……」

ゲストのひとりだったのね。

「いらっしゃいませ」

「元気だったか？」

私たちはふたりになると、日本語で会話する。

「はい……変わらずです……神楽さんは？」

ラスベガスへ行ってからまだ一カ月も経っていないが、ずいぶん会っていないような感覚だ。

「二週間ほど東京《とうきょう》へ行っていたんだ。君に土産を買ってきた」

神楽さんは手に持っていた大きなショッパーバッグを私に渡す。

「東京へ……お土産、なんでしょうか……？」

「ラスベガスへ行ったときに、日本のお菓子が恋しいって言っていただろう？　適当に選んできたんだ」

「うれしいです！　ありがとうございます！」

ショッパーバッグの中から、お菓子をひとつ手にして顔が緩む。

「一番食べたかったおせんべいです。この甘じょっぱいのが癖《くせ》になって。こんなにたくさんのお土産をありがとうございます」

うれしくてぴょんぴょん飛び跳ねそうになるが、神楽さんの前なのでにっこり笑うだけに留めた。

「次の休みは？」

「……イザベラに聞いてみます」

「ちゃんと休みは確約してもらった方がいい。彼女の奴隷《どれい》じゃないんだ。それとも俺が確認しようか？」

「い、いいえ。自分で確認します」

とはいえ、一日どころか長時間の休みも無理だろう。でも、神楽さんと会いたいから聞いてみる気持ちになる。

『ミスター・カグラ！』

キッチンに響いた声はアメリアのもので、驚いて肩が揺れる。

『こんなところにいたのね。みなさんがお待ちなのに。行きましょう』

ゴールドのスリップドレスを着たアメリアはきつい目で私を睨《にら》みつけて、神楽さんの腕に手を置く。彼女の神楽さんに対する好意はよくわかる。

「じゃあ、明日にでも連絡する」

「はい……。お料理食べてくださいね。お土産ありがとうございました」

日本語での会話に、アメリアは眉間に皺《しわ》を寄せる。何を話しているかわからないせいだ。

神楽さんは何気なくアメリアの手から離れ、キッチンから出て行き、彼女は振り返って再び私を睨みつけたあと彼を追った。

ゲストが帰ったあと、何か言われそうだ。

サマンサがニヤニヤして戻って来た。

『わざわざキッチンに会いに来るなんて、やっぱり彼はエマに気があるのね』

『東京へ行っていたからお土産を買って来てくれただけよ。サマンサにもおすそ分けするわね』

ショッパーバッグの中を覗《のぞ》き、抹茶のチョコレートの箱を渡す。

ロサンゼルスにも日本の食品を扱っているスーパーはいくつもあるが、価格が高めだし、品揃えがいつも同じなので最近は購入していない。

神楽さんの選んでくれたお菓子は私好みだし、こっちでは手に入らない銘柄だ。

もしかして、こっちのスーパーで確認してくれた……って、ことはないよね？

そんな暇人じゃないはず。

でも、もしそうだったら……すごくうれしい。

『ありがとう！　綺麗な色だけど、これは何？』

『抹茶よ。日本ではお湯を入れて飲むものだけど、お菓子としても人気があるの』

『聞いたことがあるわ。でも、いいの？　エマに買ってきたお土産なのに』

『たくさんあるもの』

申し訳なさそうな顔のサマンサに微笑《ほほえ》み、中断していたドーナツをひとつずつ綺麗な紙に挟んで、お皿に並べた。

『ドーナツもおいしそう』

『余分に取ってあるわ。あとで食べてね』

『ありがとう。パーティールームへ運んだらいただくわ』

サマンサはドーナツのお皿をトレイの上に載せる。

『あ、私も行くわ。料理の減りを確認したいの』

サマンサと連れ立って、パーティールームへ赴く。

会場は煌《きら》びやかなドレスやフォーマルスーツを着た男女が、グラスを片手に談話したり、食事をしたりしている。

そこで部屋の中間あたりに、恰幅のいい壮年の男性と話をしている神楽さんを目にする。

サマンサはドーナツのトレイをスイーツの横に置き、私は不足した料理がないかブッフェテーブルの上を確認した。

どれもちゃんと手をつけられていて、うれしくなる。

もう一度神楽さんを見る。どうしても視線は彼を追いたくなってしまうのだ。

神楽さんは堂々としていて、フルートグラスを持つ姿は周りにいるスターにも引けを取らないほどの美丈夫だ。

そのとき、神楽さんのうしろからゴールドのドレスをまとったアメリアがこちらにやって来るのが目に入った。

不機嫌な表情から、私がパーティールームにいるのが気に入らないのだろう。

彼女に捕まらないうちに退散しようと出口に行きかけたところで、アメリアが私の名前を呼んだ。

『エマ！』

面倒なことになりそうだと思いながら、立ち止まって振り返る。

アメリアは料理が置かれているテーブルから数本の細い春巻きが入ったグラスを鷲掴《わしづか》みすると、『これはなんなのよ！』と言い放ち、私に向かって投げつけた。

「きゃあっ」

グラスがぶつかりそうになって両腕で顔を覆《おお》う。

春巻きが私の手に当たったが、グラスはうしろの壁にパリンと音をたててぶつかった。

サマンサや周りにいた女性たちから悲鳴が上がる。

『何をしている！』

英語で非難して、神楽さんが急ぎ足でやって来た。

「絵麻、大丈夫か？」

大勢の人の前で料理を投げつけられたせいか、ショックで動けない。

神楽さんの腕が私の肩に回された。

そこへイザベラが血相を変えて現れ、アメリアの隣に立ってからこちらを見遣《みや》る。

『いったい何事なの？』

アメリアは私を睨みつけたままで、まったく悪かったとは思っていない様子だ。

『まあまあ、みなさん。お騒がせしてごめんなさいね。手が滑ったようです。どうぞお話をお続けになって』

イザベラはしーんと静まり返った気まずい雰囲気《ふんいき》を取り繕うように言って、アメリアの腰に腕を回す。

『どうしたの？　騒ぎを起こさないで』

アメリアは大げさなため息を吐《つ》き、目線は私から外さない。私にというよりは、肩に置かれた神楽さんの手のあたりに……だ。

『イザベラ、別室で話をしよう。アメリアも来るんだ』

私を進ませようとした神楽さんが「ヒュッ」と息を呑《の》んだ。

すぐにポケットから白いハンカチを私の右腕に当てると、そこを押さえるようにしてパーティールームを出た。

イザベラとアメリアもあとからついてくる。

『ダイニングルームにしましょう』

イザベラの声で、一同がダイニングルームに集まった。

「絵麻、座って。痛むか？　傷を診させてくれ」

神楽さんは見えないガラスの破片《はへん》を取り除くように、私の結んだ髪から肩へ手で払う動作をする。

「ありがとうございます」

『まあ、さっきので切ったの？』

アメリアを私たちの対面に座らせたイザベラは、あまり真剣みのない表情だ。

壁にぶつかったグラスが二の腕のうしろのところに飛んできて、切ったのだろう。当たった瞬間は気づかなかったが、今はじわじわと痛んでいる。

白いハンカチは結構な血が付いており、神楽さんは止血するように腕にハンカチを回して強めに結んだ。

「とりあえずこれで。あとで医者に診せよう」

そう言って、神楽さんはアメリアに視線を向ける。

『アメリア、君の衝動的なところはどうにかならないのか？　絵麻に大怪我をさせていたかもしれない』

神楽さんは私の隣に座ってから、腕を組んで対面に座るアメリアに苦い顔を浮かべる。

『アメリア、そうよ。ゲストのいる前であんなことを。プロデューサーたちの印象が悪くなるわ』

イザベラは、アメリアが私を傷つけたことに対して、まったく申し訳ないそぶりなど見せずに、娘をたしなめる。

たしなめると言っても、仕事のことしか頭にないようだ。

『私は悪くないわ！　あんな低俗な食べ物をパーティーに出すなんて、恥ずかしい思いをさせられたからよ！』

『あれが低俗だなんて思いません。食べやすいですし、十分おいしいはずです。パーティーにふさわしい立派な一品です』

彼女の言い分は、単なる私への言いがかりだろう。

『アメリア、ママがメニューをチェックしなかったのがいけなかったわ』

イザベラがなだめると、アメリアが悲しそうに口を開く。

『ミスター・カグラ、私を非難するなんてひどいわ。使用人を戒《いまし》めることの何がいけないの？』

『アメリア、ひどい言い方だな。イザベラ、絵麻の料理に惚《ほ》れ込んで専属シェフになってもらったんだろう？　そう言ってあなたは自慢していたはずなのに、まったく絵麻を心配していない』

神楽さんは呆《あき》れているに違いない。

『イザベラ、絵麻をどう思っているんだ？　今回のアメリアの愚行は絵麻を人として扱っていない。そんなところで働く必要はない。今すぐ、辞めさせる』

『なんですって？　あなたに決定権はないわ。エマは高い給料を払っている使用人よ。私のために働くのは当たり前なの。愚行ですって？　娘を非難する言葉は受け入れられないわ』

イザベラは赤いリップを塗った唇を歪《ゆが》め、ムッとして言い返す。

神楽さんの言葉はもっともで、なんだかんだと言われながらイザベラには専属シェフとして大切に扱ってもらっていたと思っていたが、今の彼女の対応を見るとそうではなかったようだ。

さっきは突然のことだったので、あっけに取られていて頭が働かなかったが、しだいに冷静になるとともに、体が冷たくなり震えが走る。

『絵麻、君はどうしたい？　ここを辞めたいのなら俺が連れて行く。怪我も医者に診せたい』

私の意思を確認し、それをイザベラとアメリアに聞かせるため、神楽さんは私の顔を覗き込み、あえて英語で問い掛ける。

『……私は、ここを辞めたいです。六月の契約満了日まで働く気でしたが、わがままですぐに癇癪《かんしゃく》を起こすアメリアや、休日もほとんどない思いやりのない雇い主のもとではもう働けません』

『何を言っているの？　こんなによくしてあげたじゃない』

腕を組んだイザベラは、苛立《いらだ》たしげに指をトントン動かしている。

『申し訳ありません。あなた方のためにこれ以上、料理を作る気はありません』

神楽さんがそばにいてくれることがどんなに心強いか。

勇気をもらえて、きっぱり言い切ることができた。

『あと二カ月間の契約はどうするのよ。契約違反で訴えるわよ』

『それはどうだろうか。先ほどのアメリアの行動は全員が見ている。裁判で訴えたらこちらが勝つ。乱暴を働く雇い主は逆に賠償金を払わせられるだろう』

ラスベガスのときも思ったが、本気になった神楽さんに勝てないだろう。

イザベラは開いた口が塞《ふさ》がらない。

『ママ、弁護士を雇って戦ってよ!』

勝気なアメリアはムッとした表情で、母親の腕を揺さぶる。

『エマ、一度しか言わないわ。残りの二カ月働かないと言うのなら、こちらにも考えがあるわ。第三者の彼が勝手に契約解除して連れ出すなんて。あなたはミスター・カグラにも迷惑をかけているのよ?』

イザベラは神楽さんには敵《かな》わないから、私を攻め落とそうとしているのだろう。

たしかに彼には迷惑をかけてしまっているが、イザベラの話はあくまでも自分たちは悪くないというスタンスで、憤《いきどお》りしかない。

『第三者でなくても彼女を連れ出せるさ。大義名分が必要なら、絵麻は今から俺のフィアンセだ。何かあれば俺が相手になる』

『ええっ!?』

ふたりは驚愕《きょうがく》するが、私も驚いて神楽さんを食い入るように見つめる。

「絵麻、荷物整理にかかる時間は？」

「二十分くらいで……」

「俺も手伝おう。行こう」

神楽さんは私を立たせると、二の句が継げないでいるふたりを一瞥《いちべつ》してダイニングルームをあとにした。

廊下にはサマンサたちがいた。心配そうに私に言葉をかける。

『傷は大丈夫？』

『サマンサ、ええ。急遽《きゅうきょ》ここを出ることになったの。ごめんなさい』

私がいなくなったあとは、大変なことになるのが目に見えているが、ここに留まることはできない。

それに、もともと二カ月後には去るつもりだったのだ。

『いいのよ。荷造りを手伝うわ』

『ううん。イザベラたちが知ったら、あなたが困ることになるわ。早くキッチンに行って』

ホールには臨時で雇ったスタッフがいるので、三人はキッチンで待機するしかない。

『ええ……じゃあ、行くときキッチンに顔を出して』

『わかったわ』

三人はキッチンへ行き、私は神楽さんを部屋に案内した。

もともと荷物は少ないので、ロケ地へ同行するために購入したキャリーケース五つに入るだろう。

部屋に入り、神楽さんに向き直る。

「ご迷惑をおかけしてしまい申し訳ありません。パーティーも中断させてしまって……」

「パーティーに出席した理由は絵麻に会うためだ。いつもこんな目に遭っているのか？　いや、今は話よりも荷造りをしよう。あとで話を聞きたい」

「はい。ソファに座っていてください」

部屋に来てもらったが、荷物に触られるのは恥ずかしい。

「ちょっと電話をかけるよ」

神楽さんはポケットからスマートフォンを取り出すと、窓辺に近づきどこかへ電話をかけた。

迎えの高級外車二台。一台はキャリーケースを運ぶための車で、後部座席の神楽さんの隣に乗ってロイヤルキングスパレスホテルへ向かった。

ヤング邸から十分もかからず、車はエントランスにつけられた。

ドアマンによって外からドアが開き、地面に降り立つと、隣に神楽さんが並ぶ。

彼はブラックフォーマルで私は白Tシャツとジーンズ、腕に白いハンカチを巻いていて、なんとも不釣《ふ》り合いだ。

ベルボーイが金色の支柱のバケッジカートに私のキャリーケースを積んでいく。

「行こう。医者を待たせている」

「え？　もう、血も止まっていますし大丈夫です」

「ガラスが入っていたらどうする？　ちゃんと診てもらおう」

神楽さんはロビーに歩を進め、エレベーターに私を乗せて、部屋に案内してくれた。

だが、最上階のひときわ大きな観音開きのドアに案内されると、困惑して入室するのを躊躇《ちゅうちょ》する。

「ここは……？」

「俺が滞在している部屋だ。もしかして、警戒している？」

「え？　け、警戒とかじゃなくて……、シングルルームに泊まって身の振り方を考えようかと……」

ここは五つ星ホテルなので、今後のことを考えると予算的に厳しい。明日にでももっと安いホテルに移動しなければ。レストランを開くのなら、無駄遣《むだづか》いはできない。

「とりあえず中へ入って。すぐに医者が来る」

カードキーでロックが解除され、中へ進まされた。

イザベラが宿泊するホテルは最高級ホテルのスイートルームで、私は泊まったことはないが、部屋がどれだけラグジュアリーなのかは見て知っていた。

しかし、この部屋は今までのどのスイートルームよりも広さがあり、インテリアや家具に至るまでゴージャスだ。

「座って。飲み物を入れてくる」

「私が――」

「いいから。精神的にも体力的にも疲れ切っているはずだ。そういえば、緑茶がある。コーヒーもアルコールもあるが、何がいい？」

「すみません、では緑茶をお願いします」

神楽さんはブラックスーツのジャケットを脱ぎ、ソファの背に無造作に放るとバーカウンターへ近づいた。

そこへチャイムが鳴った。

神楽さんがドアへ足を運び、お医者様を連れて戻って来る。

お医者様は壮年の男性で、挨拶《あいさつ》を済ませると、怪我の状態を慎重に診て傷口を洗い流してテープを貼った。

『細かいガラスが付いていました。三日間はテープを外さないでください』

『ありがとうございます』

『ミスター・カグラ、ミズ・ドウモト、では失礼します。お大事に』

お医者様がスイートルームを出て行き、カップに入った緑茶が目の前に置かれた。

「すみません。いただきます」

繊細な取っ手のカップを持って、緑茶をひと口飲む。すると、キュルンとおなかが不満を鳴らした。

「あ、ごめんなさいっ」

「いや、食事をしていないんだろう。二十時を過ぎているから無理もない。何か食べよう。俺も絵麻の料理を食べそこなった。さて、何が食べたい？」

「ありがとうございます。なんでもかまいません」

「OK」

斜めのひとり掛けのソファに座る神楽さんは、スマートフォンからオーダーをして、長い脚を組んだ。

「しかし、よくあのふたりに、これまで我慢できたな？」

「二月末にアメリアが住み始めるまでは、数時間遊びに来るくらいだったので、それほど大変ではなかったんです。でもお察しのとおり、お休みはなかなかいただけないし、外出しても呼び戻されてしまったりで……契約更新はしないつもりでした」

屋敷に残ったサマンサたちが心配だ。

イザベラは専属シェフがいなくなって不機嫌になるだろうし、アメリアは気に入らないとすぐに激昂するので、三人は大変な思いをするはず。

申し訳ない気持ちでいっぱいだ。

「大変だったな。今夜の料理はほとんど君が作ったんだろう？　見事な品数だった」

「サマンサたちも手伝ってくれましたが、昨日からずっと動いていたので疲れたのはたしかです」

緑茶をもうひと口飲む。気持ちがようやく落ち着いてきた。だが、これから先のことを考えると不安もあって、ヤング邸を出てきたからといって晴れ晴れした気分になれない。

「食事をしたらすぐに休むといい。ベッドルーム一部屋空いているから、そこに」

「でも、ご迷惑が……。明日、他のホテルに移動します」

神楽さんの口から深いため息が漏《も》れる。

「何を言っているんだ。そうなったら、訴訟を起こされたときに分が悪くなる」

「え……？」

「絵麻を俺のフィアンセだと宣言したからな。一緒にいるべきだろう？　何かあった場合には俺が守ってやる」

真剣な眼差《まなざ》しに、神楽さんが本気だとわかる。けれど、彼を巻き込みたくない。

「面倒を引き受けなくても……」

すると、彼は失笑する。

「ここ、笑うところですか？」

あまりにもおかしそうなので尋ねると、ようやく神楽さんは笑いを止めた。

「ああ。俺の気持ちがまったくわかっていないんだなと思ったら、言葉より先に笑いが出た」

「……俺の気持ち？」

もしかして……淡い期待がよぎる。

「そうだ。俺は初めて絵麻を見たときから君に惹《ひ》かれていたが、さっき君が傷つけられたことで、惹かれているどころか、本気で愛していると悟ったんだ」

「神楽さん……本当に……？」

「信じられないのか？　カフェで君に出会ってから、どうして会いたいのだろうかと自問自答していた。最初は綺麗な日本人女性だなと思い、次に会ったとき、君の手料理で胃袋を掴まれた。ラスベガスではもっと会って話したい、隣にいる君にずっと触れたいと思っていた」

少し照れたように真摯《しんし》に告白してもらえているのに、神楽さんの言葉が夢のようで実感が湧かない。

「絵麻の気持ちはまだ俺になくても、俺を愛してもらえるように努力をする」

言葉にならなかったのを、彼は愛されていないと思い込んでしまったようだ。

慌てて両手と首を横に振る。

「そうじゃ、そうじゃないです」

「どういう意味？」

突然すぎて、私の思考回路は混乱していて、とにかく否定しなければと口にしたが、これだけじゃ伝わらない。

気持ちを落ち着けようと、緑茶をゴクッと飲んだ。

「……私も、神楽さんが好きです。愛しているのかと聞かれたら、そうです。好きから愛に変わっていました。連絡を取ったとしても休めないので、私からはできません……でしたが、神楽さんのメッセージや電話を待っていました」

「そうか……絵麻も同じ気持ちでうれしいよ。はっきり言って？　俺を愛してる？」

神楽さんの麗《うるわ》しい笑みを目にすると同時に、心臓がドクンと高鳴る。

落ち着かない気分に襲われ、視線を合わせていられなくて目を泳がせた。

「あ、愛してます」

「俺も絵麻を愛している」

彼の手が膝の上に置いた私の手に重なったとき、スイートルームにチャイムが響いた。

「タイミングが悪いな」

神楽さんは苦笑いを浮かべて、ソファからすっくと立ってドアへ向かった。

彼と一緒に、ホテルの制服を着た男性が大きなトレイを持って現れた。大理石のダイニングテーブルに料理の載ったお皿を並べて、神楽さんに至極丁寧に頭を下げて立ち去った。

「食べよう。せっかくだから寿司にしたんだ」

ソファから立って八人掛けのダイニングテーブルに近づく。

「ホテルの有名和食レストランのお寿司ですね。ありがとうございます」

テーブルセッティングは対面ではなく、対角線で用意されている。

神楽さんは椅子《いす》を引いてくれ、私を座らせる。

最近ではそういったことをしない男性が多くなっているが、ラスベガスのときもこうしてエスコートしてくれていたので、彼にとってごく普通の所作なのだろう。

漆塗《うるしぬ》りの盆の上には、江戸前寿司とお味噌汁、いちごとメロンの乗ったフルーツのお皿があった。

「おいしそうです。本格的な江戸前寿司は久しぶりです」

「自分でも作れるだろう?」

「いえ、私のお寿司は見よう見まねです。一応学校で習いましたが、ずいぶん昔のことです。いただきます」

両手を合わせてからお箸を手にする。

大トロの脂《あぶら》ののったにぎりを食べる。口の中でトロリと蕩《とろ》けていく。

「んっ、とてもおいしいです。ネタが新鮮ですね」

「うちを利用する客は各国を旅慣れたセレブが多いから、食材はより吟味して仕入れるんだ」

彼は大葉を挟んだイカのにぎりを口にする。

「板前さんもシェフも一流どころを揃えられているんですね……神楽さん、しばらく私を厨房で働かせていただくことはできませんか？　腕ではまったく敵わないのは承知していますから、お皿洗いやフロアスタッフでもかまいません」

「働く？　俺の恋人になったのに？」

「あ、愛していると言われただけで、恋人になったとは……ごめんなさい」

恋愛に疎《うと》いので、どう接していいのかわからずにいる。

「その〝ごめんなさい〟とは？　俺の恋人にはならないということ？」

「いいえ。そうではなくて、私……恋愛経験がないので、神楽さんにはもどかしいかもしれません」

「まずは、呼び方を変えてくれないか。神楽さんでは恋人らしくない。健斗《けんと》と呼んでほしい」

「では……健斗さんと呼びますね」

彼――健斗さんの名前を口にするのは、ものすごく親しくなった感じで照れくさい。

すると、彼は口元を引き締めて首を左右に振る。

「こっちではほとんどが呼び捨てなんだから〝さん〟はいらない」

健斗……だなんて。もっと恥ずかしい……。

だが、そんなそぶりをするのは二十六歳にもなってどうかと思うので、表情を変えずに口を開く。

「わかりました。健斗で……んんっ、やっぱりだめです。慣れません」

「それなら仕方ない。無理強いはしないよ」

クスッと笑ってから、健斗さんは頷《うなず》く。

「絵麻に恋愛経験がないのは俺にとって幸運だと思う。たしかにそういったことに疎《うと》いところはあるが、そんなのは問題じゃない」

健斗さんは真摯《しんし》な眼差しで私をじっと見つめる。

「はっきり言おう。君に俺のそばにいてほしい。俺だけのために料理を作ってほしいと思うが、今はホテル住まいだし新居を探すには時間がかかるだろうから、しばらくはこの部屋に滞在してゆっくりしてもらいたい」

「ゆっくりするのは性に合わないので、数日のんびりしてどうしたいか考えます。実はイザベラとの契約が終わったら、レストランを開こうかと思っていたんです」

「レストランか……絵麻の料理なら繁盛すると思うが、もう少し考えてからでどうだろうか？　どうしても働きたいのであれば、このホテルでもいい。俺の身勝手な考えだが、君と色々な場所へ出掛けたいのもある」

彼と一緒にあちこち出掛けられたら楽しいだろう。そうしてみたい気持ちに駆られる。コクッと頷いて目線を彼に戻したとき、目の前がグラッと揺れて額に手を置く。

「どうした？」

「ちょっと……眩暈《めまい》が……でも、大丈夫です」

咄嗟《とっさ》に閉じていた瞼《まぶた》を開くと眩暈はなくなっていてホッとする。

「疲れているんだろう。食べ終わったらシャワーを使って。すぐ寝るんだ」

「はい。そうさせていただきます」

「名前で呼び合うようになったんだから、もう少し砕けて話してもいいんじゃないか？」

「ふふっ、徐々に……ね」

「それでいい」

フルーツまで食べ終え、健斗さんがベッドルームに案内してくれる。

スイートルームを入って右手にある部屋でダブルベッドと書き物ができるテーブルと椅子、シャワールームも併設されていた。

ドアの内側に私のキャリーケースが五つ置かれている。

「じゃあ、明日の朝会おう」

ふいに健斗さんの手が私の両肩に置かれて、端整な顔が近づいた。

彼の顔がアップになり、心臓がドクンドクンと高鳴る。

初めてのキスにギュッと体が硬直してしまっていると、健斗さんが「クッ」と喉の奥で笑う。

「おやすみ」

前髪を優しく払われた額に唇がそっと触れる。

あ……おでこ……。

唇でなくてがっかりしたのか、ホッとしたのか、わからない感情に襲われたとき、不意打ちで唇にちゅっとキスを落とされた。

びっくりして目を丸くしていると「ゆっくり眠って」と言って、健斗さんが部屋を出て行った。

「おやすみなさい」

閉まったドアに向かって呟《つぶや》き、唇を指先で触れながら暴れる鼓動を鎮めようとした。

ひとりになって急に疲れが押し寄せ、ベッドの端に座る。

「早く寝なきゃ」

ドアのそばに並べられたキャリーケースへ顔を動かす。

どのキャリーケースに下着とルームウェアを入れたのか思い出せず、何個か開けてから見つかった。

「ふぅ～」と重いため息が無意識に出てくる。

なんだか頭がぼうっとしていた。

ヤング母娘の仕打ちで精神的にも体力的にも疲弊《ひへい》している。

「疲れすぎちゃったみたい……」

独りごちて、着替えを持ってシャワールームへ向かう。

シャワールームにはハイブランドのアメニティが用意されており、なんとか髪と体を洗い終えると、いい香りをまとって部屋に戻った。

「もうだめ……」

電池が切れたようにベッドに倒れ込む。

健斗さんに告白されて幸せを噛《か》みしめる間もなく、目を閉じると眠りに引き込まれていった。

四、過保護で献身的なナイト

もう朝……。
重い瞼《まぶた》を開けた。
薄いカーテン越しに明るい陽が入っている。今日もロサンゼルスは晴天だ。
なんとなくだるさを感じる上体を起こす。
え……？
目の前がぐるぐる回って耐えられずに枕に頭をつけた。
なにこれ……？
こんなにひどい眩暈《めまい》は初めてだった。ジーッと耳鳴りもしていることに気づく。
眩暈が引くまで目を閉じてやり過ごそうとしたが、なかなか治まらない。
どうしちゃったの？　疲れから？
時刻を知りたいが動くことができない。そのままじっとしていると、ドアをノックする音が聞こえてきた。

「絵麻？」

健斗《けんと》さんの魅力的なほどよい低音が、くぐもった声で聞こえてくる。

「は……い、どうぞ」

自分の声は異常に響いて聞こえて困惑する。

眩暈に耐えながら体を起こして、ドアの方へ顔を向けると同時に健斗さんが颯爽《さっそう》とした足取りでこちらへやって来る。

口元に笑みを浮かべていた健斗さんの顔が瞬時に雲り、少し慌てたようにベッドサイドに立った。

「どうした？　顔色が悪い。具合が？」

「ひどい眩暈と耳鳴りが……自分の声も変で……」

「枕に頭をつけて。つらそうだな。目を閉じているんだ」

健斗さんに支えられながら横たわり、言われるままに目を閉じた。

「すぐに医者を呼ぶ」

そう言って、数秒後スマートフォンで誰かと話をする声が聞こえてきた。

男性の英語の会話で目を覚ます。健斗さんが来てくれて安心したせいで、そのまま眠ってしまったのだ。

ベッドサイドにふたりの男性が立っていて話をしている。

「健斗さん……」

やはり自分の声が大きく響く。

私の声にふたりは話を止めてこちらを見る。昨日のお医者様だった。彼はスマートフォンで通話を始める。

健斗さんの大きな手のひらがおでこに触れる。

「どうだ？　まだ眩暈がある？」

「まだ……どのくらい眠っていましたか」

目を開けるとグラグラするのは変わらない。

「十五分くらいだ。詳しく検査をしてみないとわからないが、おそらくメニエール病ではないかと言っている」

「メニエール病……？」

初めて聞く病名でどんな病気なのか顔が引きつる。

「大それた病気ではないから安心して。ただし、完治しないと厄介だ。ドクターの話ではストレスや過労、睡眠不足から引き起こされるようだ。たしかに引き金になりかねないストレスを受けたから当てはまる」

「ストレス……」

過労と睡眠不足もこの数日はあった。

「これから病院へ連れて行くよ。着替えられるか？　それとも手伝う？　もちろん欲望は抑えておく」

彼の最後の言葉にクスッと笑う。私が頼みやすいように言ってくれているのだろう。でも、こんな状態でも恥ずかしいことに変わりない。

「なんとか着替えられます」

「わかった。少ししたら声をかける」

健斗さんは手を添えて体を起こさせると、お医者様とともに部屋を出て行った。

救急病院で検査を受け医師の診断後、処方箋《しょほうせん》をもらい、薬局で薬を購入して健斗さんのスイートルームの部屋に戻って来たところだ。

やはり「メニエール病」の診断だった。

内耳に効く薬やビタミン剤、ステロイド剤などが処方されて、おにぎりを食べたあと薬を飲んだ。

眩暈が止まらないので、軽く酔った感覚にもなっている。

「横になって」

薬を飲むための水の入ったカップを受け取った健斗さんはサイドテーブルに置くと、枕の位置を整えてくれる。

「ありがとうございます。ご迷惑をおかけしてごめんなさい」

「謝るなよ。こうなる前にあそこから連れ出せばよかったと後悔している」

「そんな風に思わないでください。健斗さんは東京へ行っていましたし、私も体調が悪いなんてことなかったんですから」

「ストレスは体に悪いから気楽に考えて、まずはゆっくり休むことだ。一週間は必要以外ベッドから出ないように」

お医者様から安静にしているようにと言われている。一週間も長いのではと思うが、今の状態ではいつ元に戻れるかわからない。

「はい……」

薬を飲んだので、少しはよくなっていることを願って目を閉じる。

「三時くらいに様子を見に来るよ」

こんなに体調が悪かったことなど今までなく、体が睡眠を欲しているのかすぐに眠りに落ちた。

その夜、私がリクエストした卵粥を和食レストランで作ってもらい、ベッドの上で食事をした。

耳の聞こえ方もおかしいので、そのことを考慮して健斗さんは運んでくれたあと部屋を出て行った。

耳鳴りと不快感は相変わらずだけど、眩暈は薬が効いたようで少し治まってくれていて安堵する。

私、健斗さんに迷惑ばかりかけてる……。

働かせてほしいだなんて言っておいて、ちゃんと動けるようになるのはいつになることやら。

お医者様は確約はできないが、二カ月はかかると言っていた。

早く治さないと。

一週間、健斗さんの指示どおり、必要以外はベッドから出ずに過ごした。彼は仕事をしながらも献身的に日常生活を支えてくれている。

健斗さんの人となりがわかってくるにつれて、愛がどんどん深まる。逆に、こんな手のかかる女に愛が冷めていくのではないかと思って不安になるが、変わらずに優しく面倒を見てくれていた。

耳の不調は変わっていないが、眩暈を起こす頻度が少なくなり、起きていられるようになった。

サマンサたちのことが気になって、具合が悪くなった日にスマートフォンへメッセージを送ったが、【大丈夫よ。こっちは気にしないで】と返事が来ていた。

大丈夫なわけがないと思う。特にアメリアに関しては。

「――麻？　絵麻？」

「え？　あ、はいっ」

日曜日の午後、スイートルームのリビングのソファでチョコレートケーキとアールグレイティーでお茶をしている途中だった。

「眩暈を起こしたか？」

心配そうな瞳に、慌てて首を左右に振る。

「バカだな。急に頭を動かしたらだめだろう」

「つい、癖で」

「考え事をしていたみたいだが？」

「サマンサたちのことを考えて……。メッセージを送っても【大丈夫よ。こっちは気にしないで】と戻されちゃうんです。色々あったとしても心配をかけないように気を使われているみたいで……」

私の病気のことはなおさら知らせられない。

「あのパーティーにいた知り合いによれば、何事もなかったようにふたりは楽しんでいたらしい。帰る頃にはブッフェテーブルの料理はほとんどなくなっていたと言っていたよ」

「お料理、ほとんど食べていただいたんですね。良かった……」

「とてもおいしかったと言っていたよ」

そう言われると作ったかいがあってうれしくなり、顔を緩ませる。

「料理の話をすると、目が輝くんだな」

「はい、特においしかったと言われるとうれしくなります」

「そろそろ料理を作りたいだろうが、もう少しゆっくりしてほしい。そうだ、体がよくなったらレストランの厨房を借りて俺に料理を作ってくれないか」

「レストランの厨房をお借りするのは申し訳ないですが、健斗さんに私の料理を食べてもらいたいです」

まだ耳鳴りや自分の声が大きく聞こえてしまう症状は戻っていないので、どうにも疲れやすい。もうちょっと良くなったら、料理を作らせてもらおう。

ほとんど休みのなかった日々が嘘《うそ》のように、ゆったりとした時間が流れ、専属シェフを辞めてから一カ月が経った。

五月に入っており、空気は乾燥して、日差しが強い。サングラスは手放せず、日焼け止めを塗らなければすぐに焼けてしまう季節になっていた。

今のところ病院以外は外出もしていないので、ほぼ部屋にいてパソコンでレストランの店舗の物件を探している。

健斗さんに出会う前までは、レストランを開こうと考えていたが、彼だけのために料理を作りたいとも思い始めていた。

週一回、通院して診てもらっており、耳の不調はだいぶ改善されていて、お医者様も順調な回復だと言ってくれていた。

健斗さんは朝から晩まで忙しく、ラスベガスへ出張も多い。以前は三日ほど向こうに宿泊していると言っていたが、私がここに住み始めてからは飛んだとしても日帰りで戻って来てくれる。

私たちの関係はまだ挨拶《あいさつ》程度のキス止まり。

健斗さんの姿を目にするたびに高鳴る心臓が困るほどだ。

触れてほしいとさえ思っている。

今日、健斗さんはラスベガスへ行っている。新しいホテルのオープンが七月なので、工事などの工期が遅れないようチェックを怠《おこた》らない。

夜には戻って来る予定だが、今は十三時を回ったところで、ひとり暇を持て余していた。

ちょっと散歩してこようかな……。

部屋のカードキーを手に持ってドアに向かったとき、ジーンズのポケットに入れたスマートフォンが振動した。

健斗さんだ。

顔が緩み、通話をタップして出る。

「もしもし?」

《絵麻、俺だ。体調が良ければ料理を作ってくれないか?》

「え……？」

《レストランの厨房には話をしてある。今日はそれほど忙しくないようだから、使ってもいいと言ってくれた》

「本当ですか？　うれしいです！」

料理をするのは一カ月ぶりになる。

《俺は二十時に戻るから、よろしく。部屋で食べられるよう、スタッフには料理を運ぶように伝えてある》

「リクエストはありますか？」

《家で食べるような和食がいい。材料は言えば用意してくれるから》

「わかりました！　作ってお帰りを待っていますね」

通話を切ってから久しぶりの料理に心が躍る。

健斗さんのために料理が作れるのでなおさらだ。

家で食べるような和食……何を作ろう。

散歩をしようとしていたが、それは中止してリビングルームのソファに腰を下ろすとメニューを考え始めた。

少しして、和食レストランの山本《やまもと》支配人から部屋に電話がかかってきた。

材料を見たければどうぞ来てくださいと言ってくれたので、電話を切ったあと、二階にある和食レストランへ赴《おもむ》いた。

和食レストランの山本支配人と料理長は日本人で、他は様々な国籍の人が働いている。活気ある仕事風景の中、日本人も数人調理場にいた。

支配人とはこの一カ月の間に、数回話をする機会があったので、入り口ののれんをくぐると、黒いスーツを身に着けた支配人が笑顔で近づいてくる。

「絵麻さん、お加減はいかがですか？」

「だいぶ良くなりました。いつもお料理をありがとうございます」

「いえいえ、当然のことです。どうぞ、調理場へご案内いたしましょう」

十五時を回ったところで、調理場は休憩に入っており数人のスタッフがいるだけだ。

「新鮮なスルメイカが入っていますよ」

「スルメイカ……いいですね。もち米はありますか？　なければお米で。いか弁当を作りたくなりました」

「いか弁当ですか。おいしそうですね。なかなかこちらでは食べられませんし。神楽《かぐら》CBOもお喜びになるでしょう。いや～、食べたいですな」

山本支配人は単身赴任でご家族は東京《とうきょう》にいる。高校生と大学生のお子さんがいるから家族全員では赴任できなかったと聞いていた。

「スルメイカはどのくらい使えますか？　たくさん作った方がおいしいので、よかったら余分に作って召し上がっていただけますか？」

「いいんですか？　手のかかる料理なのに」

「はいっ」

山本支配人は「楽しみです」と言って、もち米があるかその場にいたスタッフに尋ねる。幸い在庫があったので、もち米の入ったいか弁当が作れる。

他の食材なども見せてもらって、大体のメニューが決まった。

スイートルームにチャイムが鳴り、ちょうど立っていた私はドアへ弾《はず》んだ足取りで向かう。

「おかえりなさい」

姿を見せた健斗さんに笑顔になる。

「ただいま」

彼も顔を緩ませて、抱き寄せてくれる。俗に言うハグだ。

「ちょうど料理を運んでもらったところです」

手を繋《つな》ぎながらリビングルームに歩を進め、テーブルの上を目にした健斗さんはさらに見ようと近づく。

「おいしそうだな。着替える前に食べよう。手を洗ってくる」

健斗さんはペパーミントグリーン色のネクタイを緩ませ、洗面所へ入って行く。

普段は帰宅すると、スーツからラフな服装に着替えるのだが、待ちきれない様子に子供みたいだと思いつつうれしく感じる。

戻って来た彼はスーツのジャケットを脱いで隣の席に掛けると、腰を下ろした。

「お品書きを作ってみました！」

メニューをホテルのメモ用紙に書いて、お箸の隣に置いている。彼はそれを手にした。

「こんなにすごい料理は、なかなか家で食べられないだろう」

「そんなたいしたものではないですよ」

卯の花、だし巻き卵、キュウリとわかめの酢の物、青菜の煮びたし、ポテトサラダ、いか弁当がテーブルに並んでいる。

「温かいうちにどうぞ」

「ああ。いただきます」

健斗さんはお箸を持って、まず卯の花を口に入れる彼を見て私も食べ始める。

「いいね。懐かしいような、気持ちが安らぐような気分になる」

「すごい詩的な感想ですね」

「そう思ったんだ」

彼はそう言って笑って、だし巻き卵にも手をつける。

だし巻き卵には大根おろしも添えてある。

彼が食べるのを見守る。

こんな風においしそうに食べてもらっているのを見ると、幸せな気持ちになる。

「これも最高だ。それはそうと、調理場で邪険にされなかったか？」

「全然です。橋本《はしもと》料理長も優しくて。だし巻き卵はアドバイスをいただきました。だから最高の味になったのかと」

「アドバイスか。それは良かった。橋本料理長は銀座《ぎんざ》の老舗《しにせ》会席料理店で働いていたところを引き抜いたんだ」

「すごい人なんですね。そんな方にアドバイスをいただけるなんて光栄です」

次々と料理を食べ進め、食べやすいようにカットしたいか弁当を食べる。

「もうどうやって褒《ほ》めればいいのかわからないよ」

「ふふっ、褒めなくていいんです。健斗さんが私の料理を食べてくれているだけで幸せになれますから」

「絵麻……」

彼は切れ長の目を大きくして、私を見つめる。

「どうしたんですか？　私、変なことを言って……？」

「いや、変なことなど言っていないよ。うれしかったんだ。俺も絵麻が笑っているだけで幸せな気持ちになる」

「笑うだけで？」

にっこり笑って見せると、健斗さんはなぜか苦笑いを浮かべながら頷《うなず》く。

「今は食事に集中したいから、俺を煽《あお》らないでくれ。ずっと我慢しているんだから」

「煽……そんな……」

ずっと我慢って……。

急激に頬に熱が集まってくる。

「恋愛ど素人《しろうと》と公言する絵麻にははっきり言わないとな。俺は君を抱きたい。抱きたいと言ってもハグのことじゃない。君と愛し合いたい」

まっすぐ見つめられて心臓が暴れ始める。

「健斗さん……」

「だが、まだ体調は完璧ではないはずだから、無理はさせられない。俺は待つよ」

私の体を第一に考えてくれている健斗さんへの愛おしい思いが押し寄せてきて、その行き場が見つからない。

「……私は……、健斗さんに愛してもらいたいです」

そうしなければ、この思いは苦しさが増してきそうだった。

「絵麻……、いいのか？」

「はい。いつでもあなたに触れたいし……触れてほしい」

正直な気持ちを打ち明けて恥ずかしくなり目を伏せた。

すると、ガタンと椅子を引く音がして顔を上げると、健斗さんが横にいて座ったまま抱きしめられていた。

「可愛すぎて暴走しそうだ」

顎に長い指が掛かり上を向かされると、唇が重なって甘く食《は》まれてから離れる。

「理性が壊れそうだ。まず俺のために作ってくれた料理を食べ終わらなければな。薬も食後だし。食事が済むまでなんとか理性を保つよ」

自嘲《じちょう》めいた笑みを浮かべた健斗さんは席に戻って残りの料理を口へ運ぶが、私の心臓は暴れすぎて食事どころじゃなかった。

食事が済み、スタッフに頼んでお皿を下げてもらったあとも、ずっと動揺していて気もそぞろになっていた。

健斗さんが動くたびに、ビクッと肩を跳ねらせている。

「絵麻、俺に抱かれるのには抵抗がある？」

「え？　ないですっ。健斗さんに愛してもらいたいって言ったじゃないですか」

「じゃあ、なぜビクビクしている？」

目の前に立った彼は私の両頬を手で囲み、目と目を合わせてくる。

「……未知の世界なので……戸惑っているというか……」

すると、ふいに健斗さんは腰を屈《かが》めて、私の脚の裏に腕を差し入れて抱き上げた。

「きゃあっ！」

不安定な体勢に、慌てて彼の首に腕を回す。

私を抱き上げたまま健斗さんは歩き始め、メインバスルームの手前のパウダールームで下ろされた。

「もちろん、初体験だというのはわかっている。愛し合うのは気持ちいいと思ってもらいたい。戸惑う必要はないよ。俺に触れたいときは思うままに触れて」

健斗さんの顔がゆっくり近づき、唇にひんやりとした柔らかい感触が重なった。何度か角度を変えながら唇を弄《もてあそ》ぶように動かされ、そのキスにどんどんのめり込んでいく。

唇を舌先でなぞられる。

「絵麻……、口を開けて」

食まれる唇を薄っすら開けると、舌が歯列を割って口腔内に侵入してくる。彼の舌は私の舌に絡んだり、吸ったりして、下腹部のあたりが疼《うず》き始める。

Tシャツの裾から入り込んだ大きな手のひらが肌を撫《な》でていく。

彼に触れられるだけで、体の中が熱くなって疼くなんて、そんな感覚は初めてだ。

無意識で自分から健斗さんの舌に絡ませていた。

「そう、……したいと思ったことを、すればいいんだ……」

私の手は健斗さんの鍛《きた》えられた体を滑り、背中に回った。

「俺のワイシャツから脱がして。だんだんと羞恥心《しゅうちしん》が薄れていく」

熱に浮かされたような感覚に襲われながら、彼の白いワイシャツのボタンをひとつずつ外していく。

その間も、情熱的なキスはやまない。

そのせいで下腹部の疼きは足にも影響を及ぼして、立っているのがやっとだ。

ワイシャツのボタンがすべて外れ、滑らかな胸から背中に手を滑らせると、キスを続ける健斗さんは熱っぽい吐息を漏《も》らした。

そして唇から離れて、私のTシャツの裾から上に引き上げて脱がした。

ブラジャー姿を晒《さら》し、私の戸惑いもよそに、健斗さんはジーンズを脱がせていく。

「絵麻、俺のも脱がせて」

ブラジャーとショーツだけになって羞恥心に襲われながら、彼のスラックスに手をかけた。

健斗さんのボクサーパンツを穿いただけの姿に、なんて見事な肢体なのだろうと胸がさらに暴れる。

「何かスポーツを……?」

「クッ、絵麻の反応は面白いな。学生のときにサッカーをしていただけだ。今は健康のためにジムで体を動かすくらいだよ」

「スポーツ選手みたいです。とても綺麗で……」

「綺麗なのは絵麻だよ」

そう言って、ブラジャーのホックを外し、張りつめた胸のふくらみが露出する。

「あっ」

慌てて胸を隠そうと腕を動かすと、大きな手に阻《はば》まれた。

「本当に美しい。隠す必要などまったくないから」

再び唇が塞がれて、一糸まとわぬ姿になってバスルームへ連れて行かれた。

目のやり場に困って、健斗さんからバスルームへ視線を向ける。

初めて入るバスルームはとても広く、数人が入ってもゆったりと足が伸ばせる円形のバスタブに蛇口やところどころに金があしらわれていて、とてもゴージャスだった。

私が使っているシャワールームも同様にラグジュアリーだったが、こちらはバスタブがあって広い。

健斗さんは白い泡が湯船一面に広がるバブルバスに入り、私に手を差し出した。

その手を掴《つか》むと引き寄せられ、同時に身を沈めた。

きめの細かい泡で体が見えなくなってホッとする。

向かい合って座り私は胸が隠れているが、高身長の健斗さんの見事に引き締まった胸板が出ていて、否《いや》が応でも目に入る。

「顔が赤い。まだ湯船に入ったばかりだが？」

のぼせているわけではないのは、重々承知しているはずで、彼の瞳はからかいの色が浮かんでいる。

「余裕綽々《しゃくしゃく》ですね?」

「余裕があるように見せているだけで、実際は——」

健斗さんの腕に引き寄せられて、彼の足の上に乗せられる。そして、私の手のひらを自分の胸の上に当てた。

「わかるか? 早鐘を打っている」

「健斗さん……」

たしかに力強く鼓動が打ち鳴らしている。

「愛している」

愛の言葉を紡いだ唇は、私の鎖骨のあたりをちゅ、ちゅと吸いつき、赤い痕を残していく。

彼の手は胸のふくらみから、硬くなっていく頂《いただき》に触れる。

「あぁっ、ん」

体に電流が走った感覚に襲われ、ビクッと体がしなる。ふくらみが下から持ち上げられ健斗さんの目に晒《さら》された。

「綺麗に色づいている。もっと余裕ぶりたかったが、我慢の限界にきそうだ」

彼は金の蛇口を捻《ひね》った。

その瞬間、温かいお湯が私たちを打つ。

健斗さんは私を立ち上がらせて、体についた泡を流し終えるとバスルームを出て、肌触りの良いタオルで巻いた。


「んっ、ああっ……、や、そこは……」

彼の広いベッドの上で淫《みだ》らに触れられている私は喘《あえ》ぎ声しか出ない。

「いや？」

「おかしく、なっちゃいそうで……ああっ」

「それでいいんだ。ちゃんと感じている証拠だ」

巧みな舌や指の動きで胸や下腹部を責められ続け、体は蕩《とろ》けていく。

深い絶頂に導かれて、健斗さんへの愛が溢れる一夜だった。

抱きしめられて眠った夜、疲れ切ってしまい健斗さんの腕の中でぐっすり眠っていた。

彼のキスで目覚めて幸福感がひたすら押し寄せてくる。

「おはよう」

「おはようございます」

唇に軽くキスを落とした健斗さんの端整な顔に笑みが広がる。

「隣に絵麻がいてくれて目を開けた瞬間、幸せが押し寄せてきたよ」

「私もです」

横にいた彼はふいに体を動かし、あっという間に私を組み敷く。

「また絵麻がほしくなった」

「え？　も、もう七時過ぎています。朝食を食べてオフィスに行かないと」

「九時からだ。時間はたっぷりある。いや、君と愛し合うには足りないが」

唇を荒々しく奪った健斗さんは飽《あ》くことなく、私の体を探求し始めた。

五、今まで知らなかった幸せな時間

健斗《けんと》さんと結ばれて二週間が経った。

一週間に二度程度、和食レストランの調理場を借りて料理を作って食べてもらっている。

多忙な中でも、彼はラスベガスに連れて行ってくれたり、夜にロサンゼルス市内をドライブしたりと、私との時間を大事に過ごしてくれていた。

だいぶ耳の不調も治まってきており、安堵している。

朝食後、グレーのスーツのジャケットを羽織り、ドアへ向かう健斗さんのあとについて行く。

颯爽《さっそう》と歩を進める彼はドアの前で振り返った。

いつ見ても堂々とした姿に目を奪われてしまう。

彼はいつだって素敵《すてき》で、私の胸を高鳴らせる。

健斗さんは私を抱き寄せておでこにキスを落とした。

「言い忘れていた。今夜は戻れないんだ。向こうでディナーミーティングがあって何時になるかわからなくてね」

彼はこれからラスベガスへ飛ぶ。

いつもなら、夜に戻って来てくれるのだが、ディナーミーティングということはパーティーのようなものなのだろう。

「わかりました。いってらっしゃい」

「寂しがってくれないのか？」

笑顔で見送る私に、健斗さんは拗《す》ねた表情になる。

「もちろん寂しいですよ。でも、お仕事ですから。それに、私も今日はちょっと外に出てきます」

「外出を？」

首を微《かす》かに傾《かし》げる彼にコクッと頷《うなず》く。

「サマンサが少しでも外に出られたらの話なんですが……。どうしているか気になってしまって」

「わかった。もし彼女たちがイザベラのもとでの仕事を辞めたいのであれば、俺も協力すると伝えてくれ」

「本当ですか!?　もしサマンサたちが辞めたいと思っているのなら、その申し出は心強いと思います」

「ああ。約束する。じゃあ、行ってくる」

昼に「いってきます」のキスをして、健斗さんは部屋を出て行った。

私はリビングルームに戻り、テーブルの上に置いたスマートフォンを手にして、サマンサにメッセージを送る。

イザベラとアメリアが留守であれば、ほんの少し外出できると考えてだ。それに、もしかしたら休みかもしれない。

十時過ぎ、サマンサから返事が来て十四時なら大丈夫と書かれてあった。

私たちは近くのショッピングセンターにあるカフェで会うことになった。

もうすぐ十四時になる頃、カフェのテラスで日差しを遮《さえぎ》るオーニングの下で待っていると、五分ほど経ってサマンサが現れた。

仕事中、メイドはワンピースにエプロンが制服だが、外出時には私服に着替える。

サマンサはブルーのTシャツとカラフルな幾何学《きかがく》模様の入ったピッタリしたパンツ

を穿いて、ショルダーバッグに片手を置きながら笑顔でテーブルに近づいてくる。

『ごめんなさいね。待たせちゃったわ』

『ううん。私も今来たところよ。お疲れ様。飲み物をオーダーしましょう。おなかも空いている？』

『実は、朝から食べていないの』

サマンサは苦い顔をして肩をすくめる。

『え？ 忙しかったのね？ 出てきて大丈夫？』

『ずっとお休みをもらえなかったから、今日はこれから自由時間よ』

『そうだったのね……』

私が専属シェフを辞めて出てきてしまい、ヤング邸の中は殺伐《さつばつ》とした雰囲気《ふんいき》であるのが想像できる。

『エマ、そんな申し訳ない顔をしないで。私たちはあなたが出て行って良かったと思っているのよ？ あんな扱い、決して許されないわ』

『サマンサ……』

しんみりしないように、サマンサは満面に笑みを浮かべる。

『ものすごーくおなかが空いているの。タコス食べようかしら』

メニューへ目線を落として、決めたようだ。

『エマはどう？　好きだったわよね？』

『ひとつなら食べられそう。からーいソースで食べたいわ』

私たちはウエイトレスを呼んでオーダーを済ませた。

『ミスター・カグラの元にいるんでしょう？　セレブの恋人がいるわりには、相変わらず代わり映えのしない服装ね』

今日の私は白Tシャツにジーンズだ。この格好が楽なので、健斗さんと出掛けるとき以外はこんな感じだ。

『これが楽だから』

『どう？　彼と良い仲になった？　あのときのミスター・カグラは男らしくて素敵《すてき》だったわね』

『まあ……そんなところ』

話題は自分のことではなく、サマンサたちのことなので、適当に濁《にご》す。

『もう～、詳しく聞きたいのに』

サマンサは不満そうに唇を尖《とが》らせてから顔を緩ませる。

『私が聞きたいのは、サマンサたちのことよ。仕事は大丈夫？　アメリアからいじめられていない？　イザベラは？』

誰が聞いているかわからないので、彼女たちの名前を口にするときは小声になり、周囲に向けて注意を払う。

『いじめられていないわけがないわ。物を投げつける癖《くせ》は、本当にどうにかならないのかしら』

『そうなのね……』

やはり変わってはいないのだと、ため息を漏《も》らしたとき、タコスとアイスティーが運ばれてきた。

サマンサのお皿には、チキンとビーフのふたつのタコスが乗っている。サイドメニューのポテトフライが添えられている。

私のは、ハラペーニョソースがたっぷりかかったチキンのタコスとポテトフライだ。

『おなかが鳴りそう。いただきます』

サマンサと一緒に食事をするのはずいぶん前のことだ。

『食事はどうしているの？』

『あ、言うのを忘れていたわ。専属シェフを雇ったの。今度は男性よ。トニーっていうんだけど、若くて、イザベラ様とやたら親しげなの。ダーリンとかハニーとか呼び合っているわ』

『男性のシェフが……』

シェフが雇われたのは喜ばしいことだ。そうでなければサマンサたちが料理をするはめになって、大変になる。

『エマみたいにスーパーフードメニューや低カロリーの料理をするわけじゃなくて、高カロリーばかりで、イザベラ様ってば三キロ太ったみたいよ』

『そっか……彼女、体型には気をつけていたのに。アメリアもダイエット目的で住み始めたはずだけど、彼の料理を食べているの？』

『イザベラ様は彼が作る料理を文句も言わずに食べているわ。ずいぶん変わるものよね。前はエマがいなければ生きていけないなんて言っていたのに。アメリア様はほとんど帰ってこないわ。今のイザベラ様には、トニーがいるからなんとも思っていないみたい』

サマンサは肩をすくめてからアイスティーを飲み、ビーフタコスを口にする。

『シシリアとメラニーは？』

『んー、彼女たちは時間になれば解放されるから、お給料をもらえればいいって考えよ』

『サマンサは大変なのね……、辞めたいって思う？』

『え……？』

サマンサはタコスを手に持ったまま、首を傾《かし》げる。

『仕事辞めたいのならミスター・カグラが仕事を紹介してくれると言ってるの』

『魅力的な話ね。でも、まだ頑張るわ。今のお給料はいいし、仕送りをしなくちゃならないから』

まだ頑張るという彼女の言葉は意外だったが、健斗さんが考えてくれている協力がどういったものかわからなかったので、サマンサが本気で辞めたいと考えたときには手を差し伸べようと心に誓う。

『じゃあ、どうしても辞めたくなったらいつでも知らせてね。あなたの力になりたいの』

『エマ、ありがとう。またあなたが作った料理を食べたいわ』

『時間があったら、作るわ。時々レストランの調理場を借りてミスター・カグラに食べてもらっているの』

『ふふ、エマってば、私たちと働いていたときよりも、生き生きしているわ』

『楽しくて幸せよ。今は毎日が休日みたいで何年も取れなかった時間がプレゼントされたみたいな感じ』

『それがいいわ。エマは働きづめだったもの』

サマンサはにっこり笑みを浮かべて、ポテトフライを摘まんで口に運んだ。

彼女と別れてスイートルームに戻って来たのは十七時だった。

まだサマンサがヤング邸で仕事をするというのなら見守るしかない。

ソファに座って膝を抱えて、まだ明るい外へ顔を向ける。

健斗さんのいない夜は時間が経つのが遅く感じるだろう。

静かな部屋と今日はひとりだと考えると無性に寂しくなって、テレビの電源を点けた。

だが、ひとりでじっくり考える時間も必要だ。

「仕事……どうしようかな……」

レストランを開業すれば多忙になって、健斗さんと過ごす時間はあまり取れなくなるのは目に見えてわかっている。

それなら、ホテルのレストランで働かせてもらう？

でも、恋人をホテルで働かせるのは健斗さんが躊躇《ちゅうちょ》するだろう。

彼と一緒にいたいと切に思うけれど、今までずっと働いていたせいか何もせずに暇を持て余しているのが嫌なのだ。

健斗さんがスイートルームに戻って来たのは翌日の十八時前。

「おかえりなさい」

「ただいま。待たせてすまない。腹が減っただろう？　今日は何が食べたい？」

私の腰を抱いて、唇を重ねる。

甘い音をたてて唇が離れ、腰に腕を置いたままリビングルームへ歩を進めた。

「待たせてすまないなんて謝らないでください。お仕事ですから。夕食は何でもいいです」

「では、ドライブをしてどこか見つけたところで食べようか？」

「本当に？　うれしいです。でも、お疲れじゃないですか？」

「まったく疲れてないな。そうだな、グリフィス天文台へ行ってもいいかな。夜景を見よう」

「じゃあ、健斗さんさえよければ、そのあとアメリカンダイナーのレストランへ連れて行ってくれませんか？」

アメリカンダイナーとはこっちの大衆食堂的な感じで、ネオンやジュークボックスの古き良き時代の展示物などもあって楽しい。

家族でも訪れたとこで、レストランで働いていた頃は、休日にスタッフたちと食事に行くこともあり懐かしい。

「アメリカンダイナー？」

「はい。アメリカの映画によく出てくるようなレストランです」

「俺はまだ行ったことがないよ。面白そうだな。絵麻の知っている店へ行こう。着替えてくるよ」

彼は私の唇の端にキスを落として、ドレッシングルームへ向かった。

艶《あで》やかなワインレッドの車がグリフィス天文台の駐車場に止められたとき、すでに陽が落ちて周囲は暗くなっている。

ホテルを出発したときはまだ夜のとばりが落ちる前だった。

サンタモニカ丘陵のリー山にあるハリウッドサインは駐車場から見え、天文台からはロサンゼルスの夜景が一望できるので観光スポットでもある。

手を繋《つな》ぎグリフィス天文台へ向かう。

ギャラリーエリアに到着すると、あちこちから楽しそうな声が聞こえてくる。日本語を耳にしてそちらの方へ顔を向ける。

団体のツアー客だ。

「私がここに初めて着たのは両親が連れて来てくれた赤ちゃんの頃でしたが、記憶にあるのは日本に帰国する前に家族で来た十歳です。そのときに見た夜景がすごく印象的で、またいつか訪れてみたいと思ったんです」

そこから見えるロサンゼルス市内の夜景が、宝石箱をひっくり返したみたいにキラキラしていた。

「家族で訪れたのがとても楽しかったんだな」

「はい。そうかもしれません。兄と妹がいるのでじゃれ合いながら楽しかった記憶があります」

「仲がいい兄妹なんだな。俺は三人兄弟だが、男ばかりだから結構自分勝手な学生時代だったよ。高校からは留学なんかもしていたから、三人揃うことは滅多になかったな」

三人とも留学をしていたのだ。さすが神楽グループの創始者一族だと思う。

「健斗さんの留学先は？」

「ボストンだ。上の兄はロンドン、下の兄はシアトルだった」

「みなさん優秀なんですね」

「そんなことはないよ。さてと、そろそろアメリカンダイナーへ行こうか。腹が減っただろう」

彼の手が私の手に触れ、指を絡めるように握られる。

いわゆる恋人繋ぎと言われるもので、普通に握られているよりもぐっと親密さが増して、急にドキドキしてくる。

アメリカンダイナーの広い店内に入店し、短めのスカートの制服を身に着けたウエイトレスに半円形のクリーム色のソファ席に案内される。

六十年代のアメリカの雰囲気が味わえる店内は、老若男女が食事を楽しんでいる。

昔懐かしい風景写真やハリウッドスターのモノクロ写真などが、額に入れられて壁に飾られている。

健斗さんは店内をソファ席に座りながら眺《なが》める。

「ここで大丈夫でしたか……？」

「なぜ聞く？　もちろん楽しいよ。ボストンでも古い雰囲気《ふんいき》のレストランへは行っていたが、さすがハリウッドだな。躍然たる場所だよ」

プライベートジェットを通勤に使っている健斗さんには、やはり落ち着いた高級レストランが似合う。

だけど、黒Tシャツにジーンズの彼は、この店に馴染《なじ》んでいるようにも見える。ようは、シーン別に使い分けられるのだ。

メニューから食べたいものを選び、ウエイトレスにオーダーを済ませた。

シーザーサラダや骨付きのスペアリブ、お皿いっぱいのポテトフライやオニオンリング、チーズがトロリと流れ出ているハンバーガーなどが運ばれてきた。

大きなケチャップの瓶も置かれる。

「このスペアリブ、たれがおいしいんですよ。カットしますね」

ナイフとフォークを手にする。

艶《つや》やかな濃い飴《あめ》色のスペアリブには骨が七本付いており、それを避《さ》けて切ると、彼のお皿の上に載せる。

「こういうのは手で食べるのがうまい」

「はいっ」

健斗さんはスペアリブの骨の部分を持って食べ始め、私も手で持って肉の部分をかじった。

食事が終わる頃、入り口が賑《にぎ》やかになった。私たちのテーブルは奥まったところにあるので、その賑やかさの原因がなんなのかわからない。

近くのテーブルで食事をしていた若い男女が席を立って、そちらの方へうれしそうに向かう。

「スターでも来たんだろう」

「そうかもしれませんね」

「出ようか」

健斗さんは近くにいたウエイトレスに会計を頼む。

「はぁ～、デザートまで食べてしまいました。ごちそうさまでした。ホテルのジムを借りなければ太ってしまいそうです」

生クリームたっぷりのチョコレートがかかったパフェをふたりでつっついたが、大半は私の胃の中だ。

「たまにはいいだろう。罪悪感を覚える必要はないさ。カロリーを消費する方法はある」

「え？　それはなんですか？　サプリメント？」

身を乗り出して尋ねると、健斗さんが楽しそうに口元を緩ませる。

「戻ったら教えるよ」

そこへ先ほどのウエイトレスが伝票を持って戻って来た。


ロイヤルキングスパレスホテルのスイートルームに入って、リビングルームに歩を進める私の背後から健斗さんの腕が腰に回って立ち止まる。

「さて、カロリー消費の方法を教えるよ」

彼の腕の中で向きを変える。

「はいっ、お願いします。もしかしてこれからホテルのジムへ連れて行ってくれるとかでしょうか？」

すでに二十二時を過ぎているが、ホテルのジムは二十四時間利用できる。

尋ねる私に、健斗さんは面白おかしそうに笑う。

「どうして笑うんですか？」

「ジムじゃなくて」

彼はわざともったいぶって言葉を切る。

「ジムじゃなくて……？」

目と目を合わせて見つめる瞳はいたずらっ子のようで、首を傾げる。

「焦《じ》らさないで、教えてください」

「ベッドだ」

あっけに取られているうちに私は抱き上げられていた。

「健斗さんっ、カロリーを消費する方法って、もしかして……？」

「そうだ。普通、想像つくだろう？」

足を運びながら吹き出しそうな健斗さんだ。

「か、考えつきませんでした。それなら早く言ってくれればいいのに」

「そうだったな。すまない。察しない絵麻が可愛くて焦らした」

尖らせる唇にちゅっとキスを落とし、健斗さんは苦笑いを浮かべる。

「健斗さん、お願いが……」

「なんだい？」

「ダイナーで全身が油っぽい感じなので、シャワーを使わせてください」

「たしかに、俺もだ。それなら一緒に浴びよう」

ベッドルームの隣のパウダールームへ私を連れて行き、床に立たせられる。

健斗さんの指がワンピースの前ボタンの胸元にかかる。

もう何度もここで服を脱がされているのに、明るい電気の下ではまだ羞恥心《しゅうちしん》に襲われる。

彼は私の唇を弄《もてあそ》びながら、ボタンをウエストまで外して、床にワンピースを落とした。

肩口に唇が触れ、ちゅ、ちゅっと、鎖骨のあたりを舐《ねぶ》っていく。

「さっきのパフェみたいに絵麻の肌は甘いよ」

「そ、そんなわけないです」

熱い息が耳朶にかかる。

まだ触れられただけなのに、健斗さんに触れられるだけで腰のあたりが疼《うず》いて仕方なかった。


ゆっくりとスイートルームで土日を過ごし、月曜日の朝、ラスベガスへ行く健斗さんを送りだした。

今夜は和食が食べたいと言っていたので、どんなメニューにしようか。

大抵の食材は揃っているので、無難な料理を作るのであれば差し支《つか》えないだろう。

「あ、調理場を使わせてもらえるか、山本《やまもと》支配人に聞かなきゃ」

今まで使用許可が下りなかったことはない。健斗さんの食事を作るのを拒むことなんてできないだろう思う。

ここでの生活は快適だけど、なぜか焦燥感に駆られる。

ホテルに住むって、なんだか根無し草みたいな感覚になるから？

もう耳の不調もほとんど感じられないので、この先の身の振り方を考える時期なのかもしれない。

ふいにプレジデントデスクにある部屋の電話が鳴って、びっくりして体が揺れる。

急いで近づいて受話器を手にして出る。

『ハロー？』

《私よ》

女性の声がしてかけ間違いではないかと一瞬困惑したが、すぐにアメリアだとわかった。

『アメリア、どうしたんですか？』

《ふふっ、まだあの男の飼い猫でいるのね》

上機嫌なアメリアの弾んだ声に、眉根を寄せる。

飼い猫……。

前は呆《あき》れるほど健斗さんに取り入ろうとしていたのに、今では〝あの男〟呼ばわりしている。

あのパーティーの日、恥をかかせられたし、もう彼に取り入ろうとしても無理なのを承知しているのだろう。

『なんの用でしょう?』

《飼い猫って言われたのが気に入らないのね? あの男には他に女がいるのよ。捨てられる前に去った方がいいわよ》

アメリアは健斗さんが二股をかけていると知らせて、楽しんでいるみたいだ。

健斗さんに、他に愛する女性が……?

アメリアのような人に忠告をされても信じられない。

《疑っているのね? じゃあ、今日のタブロイド紙を見ればわかるわ》

彼女はロサンゼルスで一番有名なタブロイド紙の名前を口にする。

本当に……? それに健斗さんと女性の記事が載っているの……?

《あなたみたいな平凡な女が彼女に勝てるわけないわ。夢を見たと思って、そこから出た方がいいわよ》

まだ半信半疑の私がいる。

健斗さんは私のことを愛していると言ってくれているのだ。彼とアメリアとでは信頼度が違う。

《じゃあ。あ、あなたの代わりに専属シェフを雇っているから、もう泣きついても戻れないわよ》

『絶対に戻りませんから大丈夫です』

ありえないと言い切ったが、アメリアは鼻で笑ったような声が聞こえて通話が切れた。

私は健斗さんを信じている。でも、アメリアの自信はタブロイド紙に載っているからこそなのだろう。

それが事実だったら……。

記事を見てみたい反面、真実を知るのが怖くて知らなかったフリをしていたい気持ちに駆られる。

でも、悩んでいるのは性に合わない。

ショルダーバッグを斜め掛けして、ドアへ向かった。

ホテルでもルームサービスにタブロイド紙がほしいと連絡をすれば、部屋まで届けてくれるはずだが、気分転換もしたくてバスに乗った。

行先はサンタモニカに決めた。

健斗さんと初めて出会ったカフェレストランへは行かずに、より海に近いサンタモニカ・ピアと言われる場所へ足を運んだ。

そこは遊園地やファストフード、シーフードが食べられるレストランもある。

有名観光地とあって、大勢の人が楽しんでいる。

日差しがじりじりとTシャツから出ている胸元や腕を焼く。

どこかで日焼け止めを買おうか……。

土産物店にも日焼け止めならあるはずだ。

その前に建ち並ぶ店先にアメリアの言ったタブロイド紙を見つけた。それを手にして支払いを済ませ、空いているベンチに腰を下ろした。

アメリアの嘘《うそ》であってほしい。

けれど、記事が本当にあったら……？

暴れる心臓をなだめながら紙面をめくり、次の瞬間、呼吸が止まった。

タキシード姿の健斗さんと、露出度の高い純白のドレスを着た人気女優が腕を組んで互いを見て笑い合っているシーンだった。

人気女優の名前はクロエ・コリンズ。若手女優として最近も映画のヒロイン役が決まったと何かと話題の人なので覚えている。

彼女の波打つ黒髪は、私の肩甲骨あたりまである髪の長さと変わらない長さだ。

整った顔は、ランキングで世界の美女十人に入るほど美しい。

笑い合っていなければ、仕事の一環なのだと思えるのに、ふたりは楽しそうで胸がギュッと鷲掴《わしづか》みされように痛みを覚えた。

アメリアの言うとおり、私よりも彼女は数十倍……ううん、数百倍も魅力的な美しい女性だ。

私より絶対にお似合いだし、健斗さんにふさわしい。

そんな風に、比較して理由を色々考えている自分がいた。

ポタッとタブロイド紙が濡《ぬ》れて、大きく染みになっていく。

泣いちゃだめ。

健斗さんは私を不当な雇用主から救ってくれ、憐《あわ》れんだだけなのだ。

ホテルに戻ったのは十八時を過ぎていた。

彼と別れる決心をするまで、時間が必要だった。

それまでぼーっと海を眺《なが》めたり、カフェに入ったり、バスに乗ってビバリーヒルズに戻ってからは、サマンサと先日会ったショッピングモールへ足を運んで、時間を潰していた。

その間、何度も何度も健斗さんとの楽しかった日々を思い出し、ようやく気持ちが固まった。

健斗さんが戻る前に荷物をまとめなければと、スイートルームのドアを開けて入室して閉める。

振り返ったところで、健斗さんが目の前に立っていてあぜんとなった。

「心配していたんだぞ？」

目と目を合わせられ、咄嗟に視線を逸《そ》らす。

「絵麻？　どうした？　様子がおかしい。またメニエール病が再発したのか？　何かあったのなら話してくれ」

手を引かれてリビングルームのソファに座らされ、健斗さんも隣に腰を下ろした。

「日に焼けてる。ずっと外にいたのか？」

声を出したら涙腺が緩みそうで、堪《こら》えるために眉根を寄せる。

「どうしたんだ？　なんとか言ってくれ」

「……私、そろそろ身の振り方を考え――」

「身の振り方？　意味がわからない。いきなりどうしたんだ？」

胸が張り裂けそうになりながらもやっと話しているのに、その言葉を遮《さえぎ》る声が鋭《するど》く響く。

大きく息を吸ってから小さく笑みを浮かべて口を開いた。

「レストランを持つ夢を叶《かな》えようと思います」

「レストラン？　たしかにそう言っていたが、無理に働かなくても俺がいるじゃないか」

「お料理をしたいんです」

そこで今夜、健斗さんから和食のリクエストが入っていたことを思い出す。

「ごめんなさい。今日は食事を作れませんでした」

「そんなのはかまわない。レストランを持ちたいのなら協力はする。だが、俺に時間をさいてほしい」

どうしてそんなことを言うの……？

円満に彼から離れようとしているのに、俺に時間をさいてほしいだなんて。

困惑する瞳を向けると、健斗さんは堪えきれなくなったように苦い顔になって、私の背に腕を回し引き寄せた。

「なぜ、泣きそうなんだ？　俺から離れたいのか？　俺を好きじゃなくなった？」

矢継ぎ早に問われて、真実をたしかめたくなる。

うん。聞いてすっきりさせよう。

ショルダーバッグを開けて折り畳んで入れたタブロイド紙を出した。次の瞬間、健斗さんの口から重いため息が漏れた。

「見たのか……」

「はい……、アメリアから電話があって健斗さんには愛している女性がいて、私はあなたの飼い猫なのだ——と」

「勝手に決めつけるんじゃない。あの女に何がわかる？　俺がどんなに君を、絵麻を愛しているのか知る由もないのに」

健斗さんは切なげな瞳で、私をじっと見つめる。

「クロエ・コリンズは単なる投資した映画のヒロイン役というだけだ。ラスベガスでディナーミーティングがあると言っただろう？　映画関係者が集まったときのものだ」

私はアメリアに踊らされたの？

「関係者はたくさんいたのに、そこだけ切り取り、いかにも恋人同士に見せようとするのはパパラッチのやり方だ。絵麻、俺を見て」

膝の上に置いたタブロイド紙へ目を落としていたが、健斗さんの声に顔を上げた。

彼は真摯《しんし》な表情で私を見つめる。

「君は飼い猫なんかじゃない。俺の愛する女性だ。ときには猫のように俺を振り回すが。決して優柔不断でそばにいてもらっているわけじゃない」

「健斗さん……」

「俺を信じて。言っただろう？　絵麻に出会ってすぐに愛を自覚したと。俺の心は絵麻しか惹《ひ》かれない」

私の頬に彼は手のひらで優しく触れて、唇を軽く重ねてから離れる。

「……クロエ・コリンズのように美しくて、プロポーションも抜群で、輝いている人でも？」

「ああ。俺には絵麻が最高の女性だよ。ラスベガスのホテルが無事にオープンして落ち着いたら、プロポーズしようと考えていた」

実直な言葉に胸が苦しくなって涙が溢れ出てくる。

「健斗さん……っ、ごめんなさい！」

涙にむせぶ私は広い胸に抱きしめられた。

「愛している。俺の妻になってほしい。今度からは結論を出す前に俺に話してほしい。

サプライズが失敗したじゃないか」

おでこに唇が当てられる。

「いいね?」

「はい……。今度からは率直に尋ねます」

そう言った瞬間、健斗さんは苦笑いを浮かべる。

「俺が〝今度から〟と言ったんだが、〝今度〟があっては俺の心臓がもちそうもない。

絵麻、俺を信じてついてきてくれるか? 君のやりたいことは全力で応援する」

「……レストランを開くのが夢だったのは以前のことです。今は愛する人だけに食べさせてあげられれば満足です。健斗さんから離れるための口実だったんです」

そう言うと、彼はため息を漏らして、もう一度抱きしめる。

「君って人は……。最初から俺に新聞を投げつけてくれれば良かったんだ」

「投げつける?」

想像したら、おかしくなって顔を緩ませる。

「アメリアだったら、そうするでしょうね」

「その女の名前を出さないでくれ。無性に腹が立ってくる」

「おなかが空いているのもあるのでは……?」

「いや、それとこれとでは別物だよ。だが、ホッとしたらたしかにそうだな。食事に行こう。それともルームサービスを頼もうか？」

「橋本《はしもと》料理長のお料理を食べに行きましょう」

「ＯＫ」

健斗さんはソファから立ち上がると、膝の上のタブロイド紙を掴《つか》んでから私を立たせる。

それからタブロイド紙をゴミ箱に放り込んだ。

「あっ！　捨てちゃだめ」

「こんなの、いらないだろう？」

「健斗さんが最高にかっこいいので……しかもカラーですし」

拾おうと腰を屈《かが》めたところで引っ張り起こされる。

「だめだ。必要ない。今度、俺たちを撮ってもらおう。知り合いにカメラの腕のいいパパラッチがいる」

「それって、どういう意味で……？」

「俺たちが結婚を前提に交際していると広めてもらえる」

「健斗さん……」

健斗さんはあっけに取られる私の唇に、いたずらっ子のような笑みを浮かべてキスを落とした。

六、出会った場所でプロポーズを

あれから健斗《けんと》さんの気持ちを迷うことなく受け止め、毎日幸せに過ごしていた。

本格的な夏の到来である六月に入った。

ラスベガスのホテルのオープンまで一カ月。すでに七月一日のオープン初日から満室になっているという。

オープンのセレモニーが終われば、健斗さんの仕事は一段落《いちだんらく》し、結婚式に向けて動き始める予定になっている。

こちらでの新居を見つけたり、日本に帰国して私たちの両親や家族に紹介したりと忙しくなるが、それが楽しみだった。

新居の目ぼしいところをピックアップしておいてと、健斗さんから頼まれており、ランチ後、パソコンで検索をしていた。

そこへパソコンの横に置いていたスマートフォンがメッセージを着信した。

「サマンサからだわ」

メッセージアプリを開く。

目に飛び込んできたのは、プールサイドのビーチベッドでくつろぐイザベラと、若い白人男性だ。

驚いたのはイザベラの姿で、十キロは増えてしまったかのようにふくよかになっている。

遠くから撮った写真だが、ふたりの仲の良さは十分に伺えた。

もしかしたら次回の役柄が、ふくよかな女性なのかもしれない。

スマートフォンの画面を下にずらして、サマンサのコメントを読む。

【びっくりしたでしょ。イザベラ様は仕事がないみたい。毎日、彼とプールサイドでいちゃいちゃしているわ】

そうだったのね……仕事じゃなかった……。

六十歳だからといって、夫はいないのだから好きな人がいてもかまわないし、恋人同士なら触れていたいと思うだろう。

【びっくりしたけど、楽しそうよ。仕事はどう？　何かあったら遠慮なく言ってね】

そうメッセージを打って送った。

ヤング母娘はもう私には関係ない。気にかかるのはサマンサだけ。

スマートフォンをテーブルに置いたところで、部屋の電話が鳴った。

椅子《いす》から離れ、プレジデントデスクの上の電話に近づいた。

電話の相手は和食レストランの山本《やまもと》支配人からだ。

橋本《はしもと》料理長がぎっくり腰になってしまい、私に蕎麦《そば》を打ってもらえないかとの内容だった。

以前、蕎麦を打った経験があると何かの折に話したのを覚えていたようだ。

十歳で日本へ帰国してからは長野《ながの》県で育ち、高校のときには二年間蕎麦処でアルバイトをしており、そこで蕎麦打ちを習った。だが、もう何年も打っていない。

覚えたての蕎麦打ちを家族に披露して食べてもらったところから、料理に目覚めたのだ。

山本支配人が私にお願いする理由は、日本の政府を相手にしている銀行の総裁が宿泊しており、蕎麦を所望しているとのことだ。

「打ってもいいですが、お客様にご満足いただけるかどうか……」

《ご無理は十分承知しております。料理長の話をして一度はお断り申し上げましたが、材料があるのだろう？　それならどうしても……と》

和食レストランには日本蕎麦のメニューもあった。

「材料が切れているとは言い訳できないものですね」

《ええ。道具や材料は揃っております》

「わかりました。一度打ってみますので、山本支配人が試食して出せないと思えば、もう一度お断りしていただけますか？」

《ありがとうございます！　そのようにさせてください》

通話を終わらせ受話器を置くと、ドレッシングルームへ入りエプロンを手にして部屋を出た。

和食レストランへ赴《おもむ》くと、山本支配人がソワソワした様子で待っていた。

「絵麻《えま》さん、本当に申し訳ありません」

「橋本料理長の腰の具合は大丈夫でしょうか？」

「おそらく一週間は仕事ができないかと」

橋本料理長の他に日本人の調理人は数名いるが、蕎麦は打ったことがないと言う。

「十割蕎麦は私には難しいので、つなぎ粉を混ぜて打ってみますね」

「はい。橋本料理長も十割はしていないと言っていました。絵麻さんには本当に申し訳ないと伝えてほしいとのことでした」

「いいえ。いつも快く調理場を使わせていただいていますし。納得のいくお蕎麦ができるか自信がありませんので、そこのところは念頭に置いておいてください」

調理場へ入ると、作業台の上に材料や道具が揃えられており、近くにアメリカ人の青年がいた。

「彼はジョシュア・アンダーソンです。見習い調理師で、日本料理を貪欲に習得しようと頑張っていますので、助手をさせます。なんでも彼に言いつけてください」

山本支配人は日本語で私に彼の話をしてから、ジョシュアに向かって英語で私を紹介する。

調理場を使っているとき、時々彼を見かけていた。まだ若そうで身長も高いが、健斗さんを見ているせいかそれほど大きいと感じない。

『ミズ・エマ。僕はジョシュア・アンダーソンです。あなたの手際の良さをいつも感心していました。僕のことはジョシュアと呼んでください』

『ジョシュア、私のことはエマと呼んでください。よろしくお願いします。では、さっそく始めます』

石鹸《せっけん》で手を洗い終えると作業台の前に立つ。

蕎麦粉やつなぎ粉などを測り、こね鉢の中へ入れて手で均一に混ぜ合わせていく。

手順や手の動きは九年近く経っていても覚えていた。

「絵麻さん、とてもおいしいです。これなら佐山《さやま》様にお出しできますよ。つゆも作っていただき助かりました」

山本支配人が笑顔で太鼓判を押す。

「そう言っていただけて良かったです。ジョシュアも手際よく補助をしてくれて。茹で汁は蕎麦湯になりますから捨てないように、ポットに入れて用意しておくといいと思います」

「わかりました。本当にありがとうございました」

役に立てて良かったと笑みを深めた。

「あの、このまま調理場を使わせていただいてもいいでしょうか？」

「もちろんでございますよ。今は休憩時間ですし、お好きになさってください。ジョシュアに食材を出してもらってください」

「ありがとうございます」

山本支配人はジョシュアに英語でその旨を伝えると、立ち去った。

『ジョシュア、自分で食材は出せるから休んで。休憩時間がなくなっちゃうわ』

『いいえ。ミスター・ヤマモトから頼まれましたから。エマの料理を見てみたいんです。勉強になりますから。必要な材料を言ってください』

『それじゃ……』

ラスベガスへ行っている健斗さんには牛丼を作ろうと決めて、牛肉と玉ねぎ、副菜にするほうれん草を用意してもらった。

『エマ、これでいいですか？』

『ありがとう』

玉ねぎを切り始めた。

夕食を作っても食べるまでに時間が空いてしまうが、遅くなれば休憩時間が終わって調理場で邪魔になるので仕方ない。

新居に引っ越したら、健斗さんの帰宅時間に合わせて料理が作れるのだから。

鍋に入れたつゆに玉ねぎを煮て、牛肉の細切れを入れた。

『いい匂いですね』

ジョシュアはクンと鼻を利かせた。

『味見してみる？』

『はいっ、食べたいです』

体は大きいのに、子犬みたいなジョシュアに笑いながら、小皿に取り分けてあげた。

『どうぞ』

彼はうれしそうに、味見用のスプーンで口に入れて、味わうように咀嚼《そしゃく》する。

『おいしいです！　こんなおいしい料理をミスター・カグラは食べられるなんて幸せだな』

『簡単だから、ジョシュアにだって作れるわ。ぜひ自宅で作ってみて。あとはまかないにするのもいいと思う』

『エマ、お願いがあります。少しの時間でいいので、空いている時間に和食を教えてもらえませんか？』

『え？　私が教える？　調理場の先輩たちにいくらでも教えてもらえるんじゃないの？　私なんかが出しゃばったらみなさんが気を悪くするわ』

『じゃあ、料理長に許可を取ったらいいですか？』

私自身、時間を持て余しているので、彼に料理を教えるくらい問題はない。

『そうね。許可が下りたらいいわ』

私の言葉にジョシュアは飛びあがらんばかりに喜んだ。

その夜、健斗さんの戻りに合わせて、和食レストランから夕食を運んでもらった。

スイートルームに入ってきたのはルームサービススタッフと、山本支配人だった。

スタッフがテーブルに牛丼とほうれん草の胡麻あえなどを並べている間に、山本支配人がソファに座っている健斗さんの元へ近づく。

私もスタッフと一緒にお皿を並べるのを手伝う。

「神楽《かぐら》CBO、今日は絵麻さんのおかげで大変助かりまして、そのお礼にこちらをどうぞ」

山本支配人はテーブルを示す。

テーブルには日本酒とおちょこが二個置かれていた。

「絵麻のおかげ?」

健斗さんは楽しそうに顔を緩ませて私から山本支配人へ向ける。

「はい。数日前から銀行総裁である佐山様がお泊まりなのですが——」

「ああ、挨拶《あいさつ》はしてある」

「本日、夕食に蕎麦が食べたいと言われまして、あいにく料理長がぎっくり腰になってしまい蕎麦を打つことができなかったところを、絵麻さんが打ってくださったんです」

「絵麻は蕎麦も打てるのか。すごいな」

健斗さんに感心された眼差《まなざ》しを向けられ、小さく笑みを浮かべる。

「高校のときのアルバイトがお蕎麦屋さんで、そこで教えてもらったんです」

「佐山様はこんなにおいしい蕎麦がロサンゼルスで食べられるとは思わなかった。最高だとおっしゃっていました。日本酒は本日のお礼でございます。それでは失礼させていただきます」

先にルームサービススタッフが出て行き、山本支配人は一礼すると立ち去った。

健斗さんがソファから立ち上がる。

「絵麻、ありがとう」

「健斗さんまでお礼なんて。九年近く経っているので、うまく打てるか心配だったけれど、〝最高〟とまで言ってもらえてうれしいです」

彼はテーブルの椅子を引いて私を座らせると、斜め前の席に着く。それから七百二十ミリリットルの瓶の蓋《ふた》を開ける。

「絵麻は多才だな」

「多才って言うわけでは……」

健斗さんはふたつのおちょこに冷酒を注ぐ。

「絵麻のおかげで、最高級の純米酒にありつけた。飲もう」

私たちはおちょこを持って口をつける。それほど辛《から》くはなくて飲みやすい。だが、喉を通っていく冷酒は胃でかぁっと熱くなった。

「お蕎麦を褒《ほ》めていただいたので、お蕎麦屋さんを開店させようかな」

「え？　蕎麦屋を？」

心底びっくりした様子の健斗さんに、急いで首を左右に振る。

「じょ、冗談です。お蕎麦を打つのは大変で、力仕事なんです」

「意外だったから驚いたよ」

「ふふっ。これから新居を探して、結婚式を挙げるまでは落ち着かないので考えられませんよ」

「まあ、俺は絵麻のやりたいことを応援すると決めているから、時機が来たら好きなようにするといい」

「理解のある旦那様で幸せです。あ、温かいうちに牛丼も食べてくださいね」

私は、冷酒は一杯だけにして、ほうれん草の胡麻あえを口にする。

「ああ、いただくよ」

健斗さんは牛丼の具を食べてから、冷酒を飲んだ。

数日後の金曜日。

ランチタイムが終わった頃、ジョシュアから連絡があり、橋本料理長から許可が下りたと言われた。

橋本料理長のぎっくり腰はだいぶ良くはなっているそうだが、まだ仕事復帰はできないとのことだ。

健斗さんの料理を作るときに、その料理をレクチャーすればちょうどいいかもしれない。

その日から週三回ほど、夕食を作るために調理場を訪れ、ジョシュアに教えることになった。

彼はこのレストランで働き始めて半年が経つものの、見て覚えろ的な感覚のある橋本料理長や調理人の下で、野菜の下ごしらえなどしかさせてもらっていなかったようだ。

健斗さんの料理をするついでなので、彼には特に話をしていなかったが、一週間が経った夕食時、「最近、和食をリクエストしなくても作ってくれるんだな」と言われて、和食レストランで働いているジョシュアに教えているのだと口にした。

「ジョシュア……？」

男性の名前に健斗さんの片方の眉が上がる。

「そ、そんな勘ぐられることなんてしていませんから。純粋に教えているだけですよ」

「絵麻はそうだろう。だが、その男はどうだろうか？　ふん、下心があるとしか思えないな」

やっぱり知らせなければよかった。余計な心配をかけるだけだったわ……。

「調理場には他にも人はいますし、四回教えていますが、特に……彼は真面目《まじめ》な良い生徒です」

すると、健斗さんは「はぁ～」と思いため息を漏《も》らす。

「もしかして……嫉妬してくれていたりしていますか？」

「当たり前だ」

ぶっきらぼうに言い放たれて、ビクッと肩が跳ねる。

「……そんな必要はないですから。橋本料理長の許可も取ってあって。だから引き受けたんです」

今さらジョシュアに教えるのをやめろと言われでもしたら、一生懸命習得しようとしている彼がかわいそうだ。

「絶対に何もありませんから。やめろなんて言いませんよね……？」

「……ああ。ただし、必要以上に触れさせるなよ」

「もうっ。そんなことは絶対ありませんから」

ふいに健斗さんはふっと笑う。

「余裕のない男は嫌か？」

「そんな健斗さんも大好きです。嫉妬してもらえるなんて幸せだなって」

「まったく……」

やれやれと肩をすくめて苦笑いを浮かべる健斗さんだった。

さわさわとまつ毛が触れられている感覚で瞼《まぶた》を開けた。

目の前に覗《のぞ》き込むようにしている健斗さんの漆黒の瞳とぶつかる。

「おはようございます。どうしてそんな風に見つめるんですか？」

「隣に絵麻がいてくれることの幸せを味わっていたんだ」

「ふふっ、急にどうしたんですか？」

「急じゃないよ。いつもそう思っている」

顔を緩ませる私の唇が甘く塞《ふさ》がれる。

その唇は楽しむように私の首に移動していく。

くすぐったさにクスクス笑いが漏《も》れ、どんどんエスカレートする唇と指先に、そしてたくましい腕に抱き込まれて朝から愛する人の熱情に翻弄《ほんろう》されていった。


そろそろ夕暮れが近づく頃、健斗さんの運転する車の助手席に乗っていた。

「どこへ連れて行ってくれるんですか？」

「着くまで内緒だ」

車が走っている道は私がバスで通るパームツリーの街並みだ。

このまま少し走るとサンタモニカになる。

着くまで内緒って、どこへ行くのかしら……？

サンタモニカ・ピアの観覧車や海が見えて来て、健斗さんは初めて私たちが出会ったカフェレストランの駐車場に車を止めた。

「ここは……」

「今夜はここでディナーだ」

そう言って運転席から離れた健斗さんは、助手席に回ってドアを開けた。

車から降りた私の指に指を絡ませるようにして握った彼は、入り口に向かう。

人気店なのにお客様の姿がないし、窓から室内を見ても暗い。

お休み……よね……？　でも今日は土曜日なのに。

「健斗さん、お休みなのでは……？」

彼の目にも明らかなはずなのに、私の言葉が耳に入っていないのか、そのまま歩を進める。

健斗さん……？

ドアの前に立ったとき、ふいに内側から開いてあの時の髭《ひげ》のオーナーの男性が姿を見せた。

『いらっしゃいませ。お待ちしておりました』

お待ちして……？

困惑して健斗さんを仰ぎ見ると「入ろう」と店内へ促された。

もうひとつのドアを開けた次の瞬間、目が大きく見開いた。

薄暗い店内に無数のキャンドルが揺らめいていたのだ。

店内のテーブルが片付けられ、広いスペースに赤いハート形のキャンドルが道を作り、その先にテーブルが用意されていたのだ。

キャンドルとともに白バラの装花もあちこちに飾られていて、驚くばかりで声を失う。

「おいで」

健斗さんの声にハッとなる。

「これは……？」

ようやく声が出せた私を、麗《うるわ》しい笑みを浮かべた健斗さんに手を引かれてテーブルに近づいた。

白いテーブルクロスのかかった円テーブルの上には、ふたり分のカトラリーとキャンドルの明かりが揺らめいている。

私の手を離した健斗さんは一歩後退して、スッと片膝を着いた。

「健斗さん……？」

そこで彼が映画さながらに指輪の箱を開いて私に差し出すように向け、これがプロポーズなのだとわかった。

「愛する絵麻、どうか俺の妻になってほしい」

キャンドルの明かりでも輝きを放つ大きなダイヤモンドのエンゲージリングが、差し出される。

「健斗さん……、映画みたいなプロポーズ……を、ありがとうございます」

うれしさに涙がこみ上げてきて、頬を伝わっていく。

「妻になってくれるんだね？」

「もちろんです……私をあなたのお嫁さんにしてください……びっくりして、頭の中が真っ白」

彼は指輪ケースからエンゲージリングを取り出し、私の左手の薬指に通していく。

エンゲージリングは私の薬指にピッタリ収まった。

健斗さんはすっくと立ち上がると、指の腹で涙を拭《ぬぐ》ってくれる。

「……とても素敵《すてき》な指輪。健斗さん、ありがとうございます。一生心に残るプロポーズで……今も夢を見ているみたいにフワフワしています」

「俺たちが出会ったここで、プロポーズをしたかったんだ。ここで出会わなければ、絵麻と知り合うことはなかったかもしれない」

「はい。そう思います。健斗さん、これからもよろしくお願いします」

「こちらこそ、よろしく頼むよ」

彼の腕の中に閉じ込められる。

しばしの間、健斗さんに抱きしめられ、彼に出会えたことを感謝していた。

スパークリングワインが開けられ、オーナーがフルートグラスに金色の液体を注いでいく。

オーナーは祝福の言葉を口にして、豪華な花束を贈ってくれた。

キャビアを使った前菜や、暑い夏に涼しげなリーキとじゃがいものヴィシソワーズ、魚介類のサラダに、柔らかいフィレステーキ、ムール貝やエビのパエリアをいただいた。

特別なデザートプレートもあって、食事が終わっても映画のような一夜にまだ夢心地だった。

「健斗さん、わざわざこのお店を貸し切りにして、サプライズのプロポーズをしてくれたんですね。ありがとうございました」

「サプライズが成功して良かった」

「もう本当にびっくりしました。お店が閉まっているのに、わかっていないのかなと。健斗さんはロマンチストなんですね。こんな風にしていただけて幸せな気分に浸れました」

幸せすぎて怖いくらいだ。

まだプロポーズの余韻《よいん》で、気持ちがフワフワしている。

「これから俺の婚約者として忙しくなるはずだからよろしく。まずはホテルのオープンセレモニーパーティーに出席してほしい」

「え？　ラスベガスのホテルのパーティーに私も……？」

「ああ。俺の隣にいてほしい」

わかりましたと笑顔で頷《うなず》いたとき、オーナーがやって来て迎えの車が到着したことを告げた。

ロイヤルキングスパレスホテルからの迎えで、健斗さんの車はもうひとりの運転手が乗って帰ってくれるらしい。

健斗さんはオーナーにお礼を伝え、私たちはカフェレストランをあとにした。

ラスベガスへはホテルオープンの前日に飛んだ。

何度か建設中のラスベガスのロイヤルキングスパレスホテルへ入ったことはあるが、完成したホテルに入るのは初めてだ。

明日オープンセレモニーを迎えるばかりのホテルはとびきりゴージャスで、感嘆のため息ばかりが出る。

すでに明日のセレモニーのためにお客様が宿泊している。

ラスベガスのホテルはどこもロビー階からカジノがあり、カフェやレストランも併設されている。

ロイヤルキングスパレスホテルは劇場や屋外プールも楽しめる。

水族館まであり、砂漠地帯にある涼しげな場所を目的として、人気が出るはずだと思う。

オープンセレモニーには、日本の有名着物デザイナーを招いた着物のファッションショーが行われることになっている。

今夜はその着物デザイナーと、日本から来たスタッフとのディナーを主催する健斗さんとホテルの支配人、そして健斗さんの婚約者として私も出席することになっている。

今回のディナーやセレモニーのために、健斗さんはビバリーヒルズのハイブランド店でドレスやヒール、バッグなどを数えきれないくらいプレゼントしてくれた。

ラメの入った黒いロングドレスを身に着けてパウダールームから出ると、ちょうどスマートフォンで通話を終わらせた健斗さんが笑顔で近づいてくる。

そして私を抱きしめると、綺麗《きれい》にリップを塗った唇じゃなく、化粧を崩さないよう頬にキスをする。

「髪を上げたんだな。とてもよく似合っている。君が美しすぎてディナーになんて行きたくなくなるよ」

欲望のにじんだ甘い声に、私の心臓がドキドキし始める。

健斗さんの唇は頬からオフショルダーから出ている鎖骨へと移動していく。

ドレスはエンパイアと呼ばれるデザインで、バストラインのすぐ下からストンと流れるラインになっている。

「ディナーに行かないだなんて、そんなことできないのに」

肌を味わうような彼の熱い唇に、私もパーティーに出席するより、ふたりきりでディナーをしたい気持ちに駆られる。

「本当にできないと思うのか？　俺はかまわない。ああ、そうだ。遅刻するっていう手もあるな」

「ええっ？　だ、だめです。健斗さんはホストなんですから」

慌てて首を左右に振る私に、彼は不敵な笑みを浮かべる。

「真面目だな」

「真面目とかではなく、遅刻なんてしたら出席者の目を見られません」

「まあ……遅刻する理由は相手にはわからずとも、俺たちの雰囲気《ふんいき》で悟るかもしれないしな。ディナーが終わるまでお預けを食らった犬みたいに我慢する」

「もうっ、なんですか。そのたとえは」

おかしくて噴《ふ》き出すと、健斗さんも目じりを下げ、ブラックフォーマルスーツの袖を軽くずらして腕時計に視線を落とす。

「さてと、時間だ。おとなしく行くことにしよう」

健斗さんは軽く曲げた腕を差し出す。

ソファに置いていたシルバーのクラッチバッグを持って、彼の腕に手を置いた。


翌朝、今日はロイヤルキングスパレスホテルのオープンセレモニーの着物ショーがある。

十一時からの着物ショーを楽しみに、部屋で健斗さんと朝食を食べていると、ドアチャイムが鳴った。

席を立とうとする私を制して、健斗さんが立ち上がる。

「俺に用だろう。絵麻は食べていて」

そう言って、ドアへ向かう。

コーヒーを飲んでいるところへ、健斗さんと昨晩のディナーで紹介された着物デザイナーの男性、河島《かわしま》さんが現れた。

突然のことに、慌ててカップを置いて立ち上がる。

「絵麻さん、朝食中にお邪魔して申し訳ありません」

四十代の河島さんは着物業界では若手だが、レトロ感の雰囲気が人気となっている気鋭のデザイナーだ。

「いいえ。おはようございます」

「絵麻、モデルのひとりが急遽《きゅうきょ》発熱で出られなくなり、河島さんは君にお願いしたいと言っているんだ」

「ええっ!?」

突拍子《とっぴょうし》もない言葉に、びっくりしてあぜんとなる。

「ぜひお願いします」

「私が人前で歩くなんて……。あの、大変申し訳ありませんが、無理です」

河島さんに頭を下げられるが、そんなお願いは聞けない。

「絵麻さんなら、用意した着物がよく似合うはずです。人前にはなりますが、普通に歩いていただければ大丈夫です。どうかお願いします」

「でも……」

「絵麻、オープンセレモニーの大事なショーだ。俺からも頼むよ」

「健斗さん……」

着物なんて成人式以来で、着慣れていないからみっともない姿を晒《さら》してしまいそうだ。

「もし転んだりしたら、大事なオープンセレモニーの着物ショーを台無しにしてしまいます」

「そこをなんとかお願いします」

顔の前で両手を合わせる河島さんに、困った顔を健斗さんに向ける。

「絵麻、俺がエスコートしたらどうだろうか？　君をしっかり支えて失態は絶対におかさない」

「神楽CBO！　それはナイスアイデアです！　おふたりが出てくだされば、ホテルの宣伝にもなりますよ」

河島さんの顔が期待で明るくなる。

ホテルの宣伝……。たしかにアメリカでも有名な健斗さんが、セレモニーの舞台に姿を見せれば宣伝効果は絶大なものになるかもしれない。

健斗さんは私の意思を尊重して見守ってくれている。

「……わかりました。私では頼りないかもしれませんが、健斗さんがついてくれるのなら安心できます。やらせてください」

「絵麻さん、ありがとうございます。自信ある一着が日の目を見られます」

「河島さん、よろしくお願いします」

「神楽CBOまで出てくださるとは、本当に願ったり叶《かな》ったりですよ。お似合いのおふたりなら、着物がかすんでしまうかもしれませんよ」

河島さんは現れたときの暗い表情から、笑顔で部屋を出て行った。

「絵麻の着物姿は楽しみだな」

健斗さんは椅子に腰を下ろして微笑《ほほえ》む。

「今はまだ緊張はしていませんが、そのときになったら口から心臓が飛び出そうなくらいドキドキしてしまうと思います。健斗さん、ちゃんと支えてくださいね」

「もちろん。しっかりエスコートさせてもらうよ」

彼は約束をしてからコーヒーを飲んだ。

河島さんの指示どおり、三十分後に一階のいくつかあるボールルームの出演者控え室へ赴くと、近くにいた彼が出迎えてくれる。

「絵麻さん、どうぞこちらへ。まずヘアメイクをします。君、頼むよ。絵麻さん、彼女について行ってください」

河島さんは隣に立った私より少し年上の日本人女性を紹介する。

「堂本《どうもと》と申します。まったくの素人《しろうと》ですが、ご迷惑をおかけしないように頑張ります。よろしくお願いいたします」

彼女はTシャツとジーンズというラフな格好で、「今田《いまだ》です。よろしくお願いします」と挨拶《あいさつ》を済ませると、空いている鏡の前へ私を案内した。

「では、メイクから始めさせていただきますね」

そう言って、ひんやりする化粧水をコットンに含ませ、顔にパッティングを始めた。

彼女の手によって、私の顔がどんどん変わっていく。

普段、軽くメイクをするだけなので、アイラインやマスカラを施されると、びっくりするくらい変わっていく。

髪は結い上げられ、大きな赤いダリアの造花が飾られた。

赤地の色打掛の着物は、古典的な柄《がら》がぱっと人目を引いて美しい。

肌襦袢《じゅばん》からどんどん着付けられていき、着物ショーの一時間前に支度が済んだ。

着物はかなりずっしりとしていて、ちゃんと歩けるか心配になる。

とにかく着崩れないようにソファに座って、あたりへ視線を向ける。

周りのモデルたちも色々な着物を身にまとい、控え室は色とりどりの花が咲いたように華やかだ。

十四人いる彼女《モデル》たちは全員が日本から渡米しており、皆、大人気のモデルさんのようだ。

長年こっちに住んでいるせいで、向こうの芸能界には疎《うと》いのでよくわからない。

二十代から三十代の彼女たちはほっそりしていて、肌も美しく、着物がよく似合っている。

その中でど素人の私が参加することに躊躇《ためら》いが出てきている。

でも……ここまで準備万端に整ってしまったのだから、今さら無理ですなんて言えない。

大丈夫。健斗さんが隣にいてくれるのだから。

そう自分に言い聞かせて活を入れた。

そこへ河島さんがやって来た。

先ほどまではカジュアルな格好をしていたが、藍《あい》色の着物姿になっている。

「絵麻さん、美しいですよ。とてもよく似合っています」

「そんなことないかと……。彼女たちのように華がないので、なんだか申し訳ありません……」

「いいえ、いいえ。モデルたちと遜色ない美しさで、私の目に狂いはなかったです。神楽CBOと並んだら本当に輝くばかりの美しいおふたりで、お客様は目が離せないはずですよ」

健斗さんの姿はそうかもしれない……。

過分な言葉に困惑しかないが、堂々と見えるように頑張るしかない。

「それで、本日の順番は最後になります」

「え？　さ、最後？」

「ええ。構成上、男性のエスコートは神楽CBOだけなので、トリを取っていただければ、このショーがビシッと決まるので」

トリだなんて……！

さらに緊張感が増してきて、眩暈《めまい》がしそうだ。

健斗さんはなかなか控え室に現れない。

いつ来るか、もしかしたら何かトラブルでもあって来られなくなったのかもと心配で、落ち着かない気分で待っている。

私たちの出番はあと十分後だ。

だんだんと控え室にいたモデルさんたちが少なくなっていく。

どうしよう……と、ウロウロ歩き回っていると、ドアがノックされて健斗さんが姿を現す。その姿を目にして、ホッと肩から脱力する。

健斗さんが私の元へ来たのは、ショーが始まって十五分が経ってからだった。

「遅くなってすまない」

健斗さんは私を見つめ、視線を逸《そ》らさないまま近づいてくる。

彼はブラックフォーマルのスーツを着て、颯爽《さっそう》とした足取りだ。

いつも見慣れている姿なのに、前髪をうしろに撫《な》でつけているせいか、胸がドキドキしてくる。

「本当に、来られないんじゃないかと心配していました」

「約束したことは絶対に守るよ。だが、心配させてすまなかった。絵麻の着物姿をよく見せてくれ」

目の前に立った彼は、私の頭から足もとまで視線を走らせて、満足そうに口元を緩ませた。

「最高に綺麗だ。まるで花嫁そのものだな。君の和装姿を見られてうれしいよ。抱きしめたいくらい愛おしさがこみ上げてくるが……着崩れさせないよう今は手を握るだけで我慢する」

手を握られ、その安心感に気持ちが落ち着いてきた。

十分後、私たちの出番が来て健斗さんにエスコートされながら、ショー会場に向かった。

ショーの会場は広いロビーでランウェイはかなり長い。

特設された客席に椅子が並べられ、来賓や宿泊客で賑《にぎ》わっている。

着物ショーというめずらしい催しを聞きつけた他のホテルに宿泊している多国籍の観光客たちまでが、たくさん詰めかけているようだ。

あまりの人の多さに、緊張からごくりとつばを呑み込む。

すると、健斗さんに握られた手に力が込められ、隣に並ぶ彼に視線を向けた。

「絵麻、俺がついている」

優しい眼差しで私を見つめる健斗さんが、そこにいる。

「はい、頑張ります……！」

日本の箏曲《そうきょく》の調べが会場に流れ、たくさんのお客様の観ている中、幕から健斗さんのエスコートで歩き出した。

脚が震えているが、なんとか進ませる。

今まで女性ひとりがランウェイを歩いていたせいか、男女が現れたことで盛大な拍手が起こった。

「絵麻、笑顔だ」

小さな声で言われて、なんとか笑みを浮かべる。

引きつった笑いしかできていない気がするけれど。

それでも、袖を見せたり、ゆっくり回ったりと、健斗さんにエスコートされながら着物を美しく見せられるように動き、歩き終えて幕の向こうへ下がった。

終わった……！

その途端、安堵で大きなため息を漏らした。

河島さんや近くにいたスタッフたちが拍手して出迎えてくれる。会場からも、割れんばかりの拍手の音が聞こえてきていた。

「神楽ＣＢＯ、絵麻さん、ありがとうございました。最後に全員でもう一度お客様にお見せしますので、よろしくお願いします」

もう一度、ランウェイを歩かなくてはならないのかとギョッとなったが、丁寧に促されて再び観客の前へ歩み出た。

ショーは無事に終了した。

控え室に戻って、ミネラルウォーターのペットボトルをもらう。ペットボトルには着物を汚《よご》さずに飲めるよう、ストローが入っている。

水をひと口飲んでホッとひと息つく。

「お疲れ」

「健斗さんもお疲れ様です。力をかけてしまったので、重かったのではないでしょうか？」

「いいや、感じなかったよ。君と歩けて誇《ほこ》らしい気分だった」

「健斗さん……」

周りに誰もいなければ抱きついていただろう。

「絵麻、実は紹介したい人がいるんだ」

「紹介したい人……ですか？」

それが誰なのかわからなくてキョトンとなる。

「そのままの姿でいい。行こう」

「え？　どこへ？」

「部屋だ」

手を引かれて控え室をあとにすると、エレベーターホールへ向かった。

私たちの泊まるスイートルームのある階でエレベーターを降り、反対側のドアの前に立ってチャイムを健斗さんが押す。

「スイートルームに泊まっている方はどういった方なのですか？」

「俺の父だ」

「え……」

驚愕《きょうがく》に固まる。

「着物ショーも最前列で観ていたよ。だが、ショーの前に話すと余計に緊張すると思って黙っていた」

そこで、内側からドアが開いた。

ロマンスグレーの眼鏡をかけた男性が、穏やかに笑いながら健斗さんを軽くハグして軽く肩を叩《たた》く。

とても仲の良さそうな親子に伺える。

「健斗、お疲れ。素晴《すば》らしいホテルに仕上げたな」

「父さん、ありがとう」

お父様の視線が私に向けられる。

「絵麻さん、はじめまして。健斗の父です」

手を差し出されて、軽く握って挨拶をする。

「堂本絵麻と申します。突然のことで、このような姿でのご挨拶、申し訳ございません」

「いえいえ、とんでもありませんよ。ショーは良かった。とても素敵《すてき》な女性で、喜んでいたところです。家内は残念ながら日本でね。あとでふたりの写真を送ってあげようと思っていますよ」

「こんなところで話をせずに、リビングへ行こう」

健斗さんに促されて、リビングルームのソファへ落ち着いた。

神楽グループのCEOがホテルのオープンに出席することは考えられたのに、まったく念頭になかった。

健斗さんはもちろん知っていただろう。

きっと私が緊張すると思って話さなかったのだ。

でも大きなグループ会社のＣＥＯという立場であるのに、気さくに話をしていただき思いのほか楽しい時間を過ごした。

私たちはお父様と今夜の夕食を約束して、一時間後に自分たちのスイートルームに戻った。


「突然、父に会わせて申し訳なかった」

部屋に入ってすぐ謝られて、首を左右に振る。

「いつかはご挨拶をするんですから、謝らないでください。とても素敵なお父様ですね」

「そう言ってもらえて良かった。ところでおなかは空かないか？　サンドイッチを口にしただけだろう？　夕食までには時間があるから軽食を用意してもらった」

テーブルの上には氷がたっぷり入ったアイスペールの中にスパークリングワインの瓶が冷やされており、数種類のケーキや綺麗にカットされたフルーツの盛り合わせなどが用意されていた。

「実はおなかが鳴りそうでした。じゃあ、着物を脱いできます。汚してしまいそうなので」

「その着物は買い取ったから、まだ着ていてくれないか。日本での結婚式のときにも着てもらいたい」

「え？」

首を傾《かし》げる私を抱きしめ、唇が塞《ふさ》がれた。

「俺があとで脱がしたい」

耳元で甘く囁《ささや》かれ、心臓がドクンと跳ねた。

この着物を、健斗さんに一枚一枚脱がされていく……。

そんな想像をしたら、いっきに頬に熱が集中してくる。

「ふ、複雑ですよ？　脱がせられるんですか？」

「はは、脱がせがいがありそうだ」

もう一度キスを落として、ソファに私を座らせると健斗さんも隣に腰を下ろした。

七、友人のSOS

翌日の午前、プライベートジェットにお父様も搭乗し、ラスベガスからロサンゼルスへ三人で飛んだ。

昨日の着物ショーはラスベガスで話題となって、新聞にも【期待されるロイヤルキングスパレスホテル】と大きく記事になっていた。

恥ずかしいのは、健斗《けんと》さんと私がランウェイを歩いている写真が大きく載っていたことだ。

お父様は親戚や知り合いに配るために、かなりの部数を購入したと、うれしそうに笑っていた。

ロサンゼルスに戻り、こちらのホテルも視察したあと、お父様はその日の夜の便で帰国した。

数日後。

十五時過ぎ、健斗さんに強引に予約を入れられてしまったホテル内のエステサロンで全身を施術された。

施術後、リラックス効果があるというハーブティーを飲んでいると、テーブルの上に置いたスマートフォンが鳴った。

画面にはサマンサの名前が映し出された。

急いで通話をタップして出る。

『ハロー？　サマンサ』

《エマ、今……大丈夫？》

サマンサの沈んだ声が聞こえ、眉根が寄る。

『ええ。なんでも話して？』

《ありがとう。もう……私、限界で……仕事を辞めたの》

『本当に？　ちゃんと辞められたの？』

《辞められたわ。でも、フィリピンにいる家族に仕送りをしなくてはならないから、働き口が必要なの。ロイヤルキングスパレスホテルでメイドとして働けないか、あなたの婚約者に聞いてみてもらえたらと思ったの》

『もちろんよ。健斗さんに聞いてみるわ。今はどこにいるの？』

《シシリアとメアリーの住んでいる離れよ。次の働き口が見つかるまで、そこならいいと言われたの》

ということは、円満に辞められたのだろう。

『わかったわ。じゃあ、また連絡するわね』

《ありがとう。エマ。頼ってしまってごめんなさい》

『ううん。いいのよ。頼ってくれて本当にうれしい。きっと健斗さんも力になってくれるわ』

そう言って通話を切り、思わず深いため息がこぼれた。

その夜、私が作った和風ハンバーグの夕食を食べている最中、サマンサの話を切り出した。

「もちろん、力になると言っただろう？　うちのメイドスタッフになればいい。寮もある。ラスベガスでもかまわないだろう。統括マネージャーに部屋が空いているか聞いてみる」

健斗さんは椅子《いす》から離れ、プレジデントデスクの上にある電話の受話器を取って、統括マネージャーへ電話をかけた。

即座に動いてくれることに感謝しながら待っていると、電話を終わらせた健斗さんが戻って来た。

「絵麻《えま》、大丈夫だ。どちらでもすぐに働ける」

「ありがとうございます。サマンサは大事な友達なので、本当に助かります」

「君を支えてくれていた友人だ。手助けするのは当たり前だよ」

本当に頼りがいがあって優しい男性だと、彼を知っていくたびに尊敬が高まる。

「すぐに連絡していいですか?」

「ああ。もちろん」

「先に食べていてくださいね」

ソファの方のテーブルの上に置いていたスマートフォンを取りに席を立つと、そのままサマンサへ電話をかけた。

彼女はずっと待っていたのか、呼び出し音が一回で電話に出た。

《エマ……》

『安心して。メイドとして働けるわ。寮もあるから明日からでもそこに住めるわ。ラスベガスのホテルでもいいって』

《本当に⁉》

すんなり決まって半信半疑の様子だ。

『ええ。本当だから安心して』

通話をしつつ、テーブルに戻って席に座る。

健斗さんは和風ハンバーグにナイフを入れながら聞いてくれている。

《明日の十時に行ってもいい？　どちらで働かせていただくか考えたいの》

『もちろんよ。ラスベガスのホテルも素敵《すてき》よ。いつでもいいと言ってくれているから、サマンサの都合で大丈夫』

ハンバーグを口に入れた健斗さんは、同意するように頷《うなず》く。

「絵麻、荷物があるだろう？　迎えに行ってもいいよ」

「ありがとうございます」

その旨をサマンサに伝えると、そこまで世話をかけられませんと言い、自分で来ることになった。

翌日、サマンサは約束どおり十時にやって来た。

ホテルの外で待っていた私は、タクシーを降りるサマンサの元へ近づく。

彼女はシンプルな白の半袖ブラウスに、グレーのタイトスカートを身に着けている。かっちりした服装のサマンサを見るのは初めてだ。

『サマンサ、待っていたわ』

両手を広げてサマンサとハグをする。

『エマ、なんとお礼を言っていいか……』

『お礼なんていらないわ。友達だもの。助けるのが当たり前よ。行きましょう。案内するわ』

それぞれ一個と二個のキャリーケースを引いて、裏手にあるホテルスタッフ専用の建物に向かった。

統括マネージャーの部屋に入室すると、健斗さんの姿もあった。

三人は挨拶《あいさつ》をして、ソファセットに腰を下ろす。

健斗さんはひとり掛けのソファで、私は三人掛けのソファにサマンサと並んで座る。サマンサの対面には統括マネージャーがいる。

サマンサはバッグから、パーソナルヒストリーやVISAなどの必要書類を出して、統括マネージャーに提出する。

統括マネージャーは一通り目を通してから、健斗さんへ書類を渡し、一読した彼は口を開く。

『サマンサ、君の働きをヤング邸で見ていたから、うちで働くのを歓迎するよ』

『ミスター・カグラ、ありがとうございます！』

サマンサは満面の笑みで感謝の言葉を言うと、隣の私へ向く。

『エマ、ありがとう。なかなか働き口を見つけられなかったのに、ロイヤルキングスパレスホテルで働けるなんて』

ハグをして、私も笑みを深める。

『あそこで長年働けたのだから、どこへ行っても大丈夫よ。サマンサ、どちらのホテルで働きたいか決めた？』

サマンサの出した結論は、ラスベガスだった。

気持ちを新たに仕事に取り組む姿勢だ。

『エマと離れるのは寂しいけれど、ここにいたらイザベラ様とアメリア様に会うかもしれないと思うと……どうにも気持ちが落ち着かなくて』

『いいのよ。私も寂しいけれど、そんな遠くじゃないもの。会いに行くわ』

『ありがとう。エマ。ミスター・カグラ、感謝いたします』

ソファから立ったサマンサは健斗さんにお礼を口にし、統括マネージャーと握手をした。

サマンサの一件が落着し、一週間が経った。

ラスベガスのロイヤルキングスパレスホテルでメイドスタッフとして働き始めた彼女は、決まった休みがある職場に感謝し、友人もできて、メッセージから楽しい雰囲《ふんい》気《き》が伝わってくる。

【ラスベガスはエキサイティングな街ね。散歩をするだけで毎日観光に来ているみたいよ！】

健斗さんと訪れたフィリピン料理のレストランを思い出す。

そこの住所を検索して、時間が取れたら行ってみたらどうと、地図とともに返事を打ち、スマートフォンをポケットにしまって立ち上がる。

そろそろ調理場へ行かなくては。ジョシュアに料理を教える時間だ。十四時から十六時までが、彼の休憩時間である。

橋本《はしもと》料理長のぎっくり腰は治ったが、また何かの拍子になることもあるので、コルセットをつけて仕事をしている。

ジョシュアが蕎麦《そば》を打てるようになったら、橋本料理長の負担は少しは減るかもしれない。

そうだわ！　今日はお蕎麦を教えよう。

エプロンを手にすると、スイートルームを出て二階の和食レストランへ向かった。

山本《やまもと》支配人の姿はなかったが、顔見知りのホールスタッフに笑顔で挨拶して調理場へ歩を進める。

そこに和食の本を読んでいるジョシュアがいた。

私の姿を目に捉えて、本から顔を上げると、パイプ椅子から立ち上がり人懐っこい笑顔を浮かべる。

『勉強熱心ね』

『エマのおかげで、料理長から野菜の切り方がいいと褒《ほ》められたよ』

『良かった。ジョシュアの努力の結果よ。今日はお蕎麦の打ち方を教えようと思うんだけど、どうかしら？』

『もちろん！　うれしいよ！　エマが教えてくれるものは全部習得したい』

『ひとりで打てるようになったら、橋本料理長の手助けができると思うの』

『なるほど！　それはいい考えです』

ジョシュアは指をパチンと鳴らした。

最初の粉を丁寧に混ぜるところから教えて、棒を使って生地を伸ばすところまでできた。

『こうやって、生地を大きくしていくの』

棒の両端を持って、クイクイと伸ばす見本を見せてから、ジョシュアと交代する。

『あ、力を入れすぎないで。均等によ』

『こうですか……？』

『う～ん、こんな感じに』

大きな体のジョシュアと作業台の間に入って、彼の両手を握って力加減を教える。

『そうそう。いい感じよ』

ジョシュアを褒めたとき――。

「絵麻！」

健斗さんの声が響いた。

怒気をはらんだ声にビクッと肩が揺れ、慌てて声のした方を見る。そこで、自分がジョシュアの腕の中だと認識して離れる。

健斗さんはつかつかと私たちに近づく。

表情は怒っているみたいに、目つきが鋭《するど》くなっている。

「絵麻、来てくれ」

私の手を掴《つか》んでその場を離れようとする。

「ちょ、ちょっと待ってくださいっ」

ジョシュアの方を振り返る。

このままお蕎麦を放置するのが嫌だったのだ。

『この前見ていたでしょう？　それを折り畳んで、その道具を使って同じ幅で切って。茹で時間は太さにもよるけど一分から一分半よ。じゃあ』

早口で困惑しているジョシュアに告げると、健斗さんについて行く。手は握られたままで、前を歩く彼は無言だ。

和食レストランを出て、廊下を進む彼に声をかける。

「健斗さん、何か言ってくださいっ」

「……」

「健斗さんっ、怖いです」

突として、彼が立ち止まり振り返る。

「絵麻、悪いが俺は今、嫉妬に駆られているんだ。話をしたら醜態《しゅうたい》を晒《さら》してしまうかもしれない」

そう言い放った健斗さんは再び歩き出す。その方向はエントランスだ。

どこに向かっているの……？

「ただ単に蕎麦打ちの力加減を教えていただけなんです。彼になんの気持ちもありません。私が愛しているのは健斗さんだけです。だから嫉妬だなんて意味がないです」

ホテルスタッフにわからないように日本語で説明をするが、健斗さんは黙ったままだ。

ワインレッドの健斗さんの車がエントランスに用意されていた。

彼は助手席のドアを開けて私を促しドアを閉めると、運転席に回ってくる。

仕方ない……健斗さんの機嫌が直るまで黙っていよう。

シートベルトを装着しているうちに、運転席に座った健斗さんはエンジンをかけ、車を発進させた。

少し走ったところで、ハンドルを握っていた右手が私の膝の上に置いた手に重なる。

当惑しながら前を見ていたが、健斗さんの節のある男らしい手へ目を落としてから、横を向いた。

健斗さんは前を見ながら、自虐的な笑みを浮かべる。

「すまなかった……」

謝罪の言葉にホッと胸を撫《な》でおろす。

「信じてくれますか？」

「もちろん、絵麻のことは信じている。前にも言ったが……信じられないのはあの男だ」

「彼は〝あの男〟じゃなくて、ジョシュアです。私は彼を生徒としか思っていませんから安心してください」

すると、健斗さんはため息を吐《つ》き、私の手から手を離す。

「絵麻、君を見るたびに焦燥感に駆られるよ。他の男に取られやしないかと」

「私が愛しているのは健斗さんだけです。愛を知ったのも健斗さんが初めてなんですよ？　他の男性には見向きもしません。というか、あなたが思うほど私はモテませんからね」

「モテないと思っているのは絵麻、君だけだ。しかもエンゲージリングをはめていないだろう？」

「あ……、ダイヤが大きすぎて料理をしているときに何かあったらと思ったら怖くて……」

「ダイヤは宝石の中で一番硬いと言われているんだ。ぶつけたとしてもダイヤではない方が傷つく」

「……ごめんなさい」

健斗さんが私とジョシュアに懸念を抱いたのは、エンゲージリングを外した私のせいだ。

「そんな男心に疎《うと》い絵麻を早く俺のものにしたい」

赤信号になって、独占欲に満ちた漆黒の瞳が向けられる。

「私はもう健斗さんのものですよ」

「結婚式は家族や友人たちがいる日本で挙げようと話していたが、先にこっちで挙げないか?」

「え? LAで……?」

「ああ。まず、婚約披露パーティーを開き、絵麻を知人たちに紹介したい。それからふたりだけで神に誓い合おう」

反対する理由はない。

健斗さんはロサンゼルスを拠点にするのならば、こちらで婚約披露パーティーを開こうと思うのは当然のことだ。

「わかりました。健斗さん、早く私を妻にしてください」

「絵麻、ありがとう。なるべく迅速に住まいも見つけよう」

「ところで、どちらへ向かっているのですか？」

だいぶ車を走らせている。話し合うためだけのドライブなのだろうか？

「チャペルだ」

「チャペル？」

「ああ。一度仕事で訪れたことがあり、ひと目見て気に入ったチャペルだ。絵麻も気に入ればそこで決定したい」

「そんなに気に入ったチャペルなら、私もそう思うはずです。拝見するのが楽しみです」

車が配車されていたのは、健斗さんは私を連れて行こうと考えていたのだろう。

私を捜して和食レストランへ行ったところ、ジョシュアと私を見て……。

申し訳ない気持ちでいっぱいになった。

車はビバリーヒルズを出て一時間くらいで、チャペルに到着した。

助手席を出ようとして、自分がTシャツとジーンズの上に黄色のエプロンを身に着けたままだったことに気づく。

苦笑いをしながらエプロンを外し、軽く畳んで後部座席に置いた。

緑豊かな丘の上に建つチャペルは、周りの樹木に隠れるようにひっそりと佇《たたず》んでいた。

穏やかに波打つ海も見える。

「静かで、素敵《すてき》なロケーションですね」

「ああ。チャペルも美しいんだ。おいで。こっちだ」

色々な花が咲き、ここは幸せに満ち溢れているような空気を感じる。

チャペルの入り口で黒い祭服姿の老齢の牧師さんが待っていてくれた。

『ミスター・カグラ、フィアンセの方。ようこそいらっしゃいました。どうぞ中へお入りください』

牧師さんに案内されて礼拝堂の中へ一歩入った途端、感嘆のため息が漏《も》れる。

壁や天井がガラス張りだったのだ。

陽光が降り注いでおり、神聖な空間。

健斗さんが一目ぼれするのも無理はない。私もこのチャペルが想像以上に壮麗で気に入った。

「本当に素敵なチャペルですね。まるで別世界に来たみたい……」

美しいチャペルに、ただただ息を呑む。

「絵麻も気に入ってくれると思ったよ。では、ここに決めよう」

「はい」

健斗さんの得意げな顔に、笑みを深めた。


翌日の十四時過ぎ、和食レストランの調理場へ向かった。ジョシュアは昨日と同じく本を読んでいた。

『ジョシュア』

『エマ！』

私が来るとは思わなかったのだろう。ジョシュアは驚いた顔で椅子から立ち上がった。

『昨日は途中までしか教えられなくて、ごめんなさい。どうだった？』

『麺の太さは安定していなかったけれど、料理長に食べてもらったら、なかなかおいしいと言ってもらえました』

『良かったわ。慣れたら同じ太さにできるようになるから』

『はい。自分にもちゃんとできるのだと自信になりました』

　橋本料理長に褒められたのが良かったのだろう。

『もちろんジョシュアは日本料理をちゃんと作れるようになるわ。勤勉でセンスがいいもの』

『エマ、ありがとう。で、今日はエプロンを着けていないところを見ると、料理を教えてもらえないんですね』

『……ごめんなさい。結婚に向けて色々と忙しくなって』

『昨日ふたりを見ていて、ミスター・カグラに愛されているんだなと。彼のような人に愛されてエマは幸せです。でも難点は、彼は相当嫉妬深いところかな』

　最後の言葉をちょっとおどけて言うジョシュアに、私も同意して笑った。

『ジョシュア、嫉妬されると愛されている実感で、私はとても幸せな気持ちになるの。今までありがとう。楽しかったわ』

『お礼を言うのは僕の方です。エマ……たくさん教えてくれてありがとうございました』

　こちらの挨拶で思わずハグしそうになったジョシュアだが、寸でのところで動きを止めて照れくさい笑みを浮かべる。

『握手で』

そう言って、にっこり手を差し出すと、ジョシュアの大きな手と握手をした。

「健斗さん、次にラスベガスへ行く予定はありますか？」

夕食時、ルームサービスの中国料理を食べており、尋ねてみる。

「明日行く予定だが？」

「それなら、私も一緒に行ってもいいですか？　サマンサの様子を見に行きたいなと思って」

「いいよ。向こうで一泊しよう。そうすれば、彼女が仕事だとしてもお茶くらいできるだろう」

「ありがとう。健斗さん。さっそくメッセージを打たなきゃ」

食事が終わり、まだ仕事が残っている健斗さんはプレジデントデスクに向かう。

私はソファに座って、スマートフォンからサマンサにメッセージを打って送る。

時計は二十時を回っている。

少ししてサマンサから返信が届く。

【エマ、うれしいわ。明日の夜なら会えるわ】

良かった。健斗さんには悪いけれど、サマンサと夕食を食べよう。

【明日の夜ね。ＯＫ。楽しみにしているわ】

メッセージを送って、プレジデントデスクに座りパソコンを操作している健斗さんに近づく。

「健斗さん、明日の夜にサマンサと約束をしました。おそらく夕食を一緒に。ひとりにさせてしまいますが……」

すると、健斗さんはおかしそうに手の甲を口元に持っていって笑う。

「向こうに滞在しているときの食事は、ほぼ部下ととるかひとりだ。絵麻は気兼ねせずにサマンサと会えばいい」

「ありがとう」

「礼ならキスがいい」

腕を広げておいでと誘う彼の膝の上に座ると、形のいい唇にそっとキスをする。

すぐに主導権は健斗さんに変わって、ぬるりと唇を温かい舌でなぞったり、食《は》んだりと、自由に私の唇を弄《もてあそ》んでから舌を差し入れた。

「んっ、ふ」

舌同士が絡み合う深いキスに、胸が敏感に張りつめ、下腹部までもが疼《うず》き始める。

彼の手がTシャツの裾から入り込み、ふくらみを捉えた。

「んんっ、健斗……さんっ、お仕事……が……」

唇が離される。

「そうだった。書類を送らなければならないんだった。すぐに絵麻に夢中になってしまう。先にバスを使ってくれ。あと二時間はかかりそうだ」

「はい。じゃあ、先に入りますね」

もう一度唇を軽く重ねてから、膝から下りた。

ラスベガスに到着したのは十四時を過ぎていた。

「そうだ、絵麻、このリングをはめて」

健斗さんから差し出されたのは、今はめているエンゲージリングのダイヤモンドの大きさが半分くらいのものだ。

「どうして……？」

エンゲージリングが引き抜かれて、新しいリングをはめられる。

「ビバリーヒルズでは問題ないが、ラスベガスでは俺と一緒にいるとき以外は、これにした方がいい。今日はサマンサとあのフィリピンレストランへ行くんだろう？　悪いやつらに狙われたら大変だ。外を歩くときは、こうしてダイヤの方を内側にすれば目立たない」

「エンゲージリングは外していこうかと思っていたところで……」

忙しいのに、こんなことまで考えが及ぶ健斗さんに感謝だ。

「指輪を外すのはだめだ。声をかけてくる男が現れるかもしれない。君はフリーではないと知らしめたくてこれを選んだんだ。大切な君に何かあったら自分を許せない」

「ふふっ、嫉妬の帝王ですね。心配する必要なんてまったくないのに。でも、こちらもとても素敵です。ありがとうございます」

仰ぎ見てにっこりする私の唇が塞《ふさ》がれた。

健斗さんはこれから打ち合わせで、きっちりライトグレーのスーツに着替えてスイートルームを出て行った。

サマンサとの待ち合わせは十八時。

教えたフィリピンレストランへはまだ訪れていないとのことで、そこで食事をすることになっている。

待ち合わせの五分前にスイートルームを出て、ロビーへ下りる。

ノースリーブの白いワンピースを着て、髪の毛はうしろでひとつにバレッタで留めている。

ラスベガスはロサンゼルスより気温が高く、とても暑い。

ホテルなどはカーディガンを羽織らなければ寒いくらいに冷えているが、これから行くレストランはそうでもないはず。

ロビーはいつも賑《にぎ》やかだ。

カジノからのスロットの音なども聞こえてくるせいもあるが、家族連れや、友人同士、多国籍の人々が楽しそうに行き交っている。

何よりも日本人の宿泊客が多いと健斗さんが言っていた。

噴水のところにいるサマンサを見つけ、彼女も私を認めて互いが歩み寄る。

『サマンサ、お疲れ様』

『エマ、会いに来てくれてうれしいわ』

いつものように挨拶のハグをしてから口を開く。

『おなか、ちゃんと空かせてきている？』

『もちろんよ！　母国の料理を昨日から楽しみにしていたのよ』

私たちはエントランスで待っていた健斗さんが手配してくれた車に乗って、フィリピンレストランへ向かった。

店主とサマンサがタガログ語で会話をしている。母国語を話しているふたりは楽しそうだ。

メニューからサマンサは前回食べなかったお勧めの料理をオーダーする。

『サマンサ、ルンピアも食べたいわ』

細い春巻きのような料理だ。

そう言うと、彼女は苦笑いを浮かべて、店主にオーダーする。

『食べたかったけど、エマにとってルンピアはいい思い出じゃないだろうと思っていたから』

アメリアに投げつけられた苦い思い出だ。

だけど、健斗さんがあの場にいてくれたおかげで、今の私がいる。

『ううん。たしかに思い出すだけで腹立たしいけれど、それでルンピアを嫌いになったわけじゃないわ。遅かれ早かれ、あの家を去っていたしね』

そう言って、私はにっこり笑う。

『それにルンピアはおいしい料理よ。母国の料理をディスられて、かえってあなたに申し訳なかったわ』

『あの女の頭がおかしいのよ。乾杯しましょう』

健斗さんと訪れたときは品切れだったフィリピンビールの缶を手にする。

私たちは再会と祝って乾杯してビールを飲む。

『んー、おいしい』

軽い飲み口でどんどんいけてしまいそうだ。

『エマ、気をつけてね。アルコール度数は結構あるから。飲みやすくて、気づいたらいつの間にか酔っちゃっているってことも』

『それは大変ね、気をつけなきゃ』

『さあ、エマの話をして。本当にミスター・カグラって、素晴《すば》らしい人ね。エマは彼に出会えてラッキーだったわ』

『本当にそう思う。財力とかではなく、温かく包み込んでくれるの』

『のろけてる～、たしかに包容力は並大抵ではないみたい。で、ふたりのスケジュールはどうなっているの？』

うんうんと頷《うなず》くサマンサは、ビールと一緒に運ばれてきた〝カレカレ〟をスプーンですくって飲む。〝カレカレ〟は、牛のテール肉と野菜をピーナッツソースで煮込んだスープでまろやかな味だ。

『八月末に婚約披露パーティーをロイヤルキングスパレスホテルで行うの。サマンサにも招待状を送るわね。でも、忙しければ無理をしないで』

『シフトもあるけど、なるべく行きたいわ。あなたの婚約披露パーティーだもの』

『ありがとう。そのあとにふたりだけでチャペルで挙式をするの。日本でも結婚式をするから』

『それは忙しそうね。でも、イザベラ様……ううん、イザベラの専属シェフをしていた頃よりもキラキラしてる。あーあ、私も恋人がほしいわ』

そこへ他にオーダーした料理が運ばれてきて、テーブルの上がさらに賑やかになった。

サマンサの言ったとおりビールは飲みやすく、迎えの車が来たとき、私たちは出来上がっていたというには語弊《ごへい》があるが、かなり上機嫌だった。

「あ！　健斗さんっ、来てくれたんですか」

迎えの車の外に健斗さんの姿を認め、笑顔で近づく。

「だいぶご機嫌だな。足もとがふらついている」

腰を力強い腕で支えられる。

『楽しかったですよ～、サマンサの選んだお料理もおいしかったし、ビールを三缶飲んだんです』

『ミスター・カグラ～、ほんっとーに、感謝してます。毎日が楽しくて人間的な生活を送れているのはミスター・カグラのおかげです！』

ふいに泣き始めたサマンサに、健斗さんはタジタジになった様子。

『もう感謝はいいから。頑張って働いて仕送りをするんだな』

『はいっ！ ありがとうございます～』

『サマンサ、車に乗って』

健斗さんに促され、後部座席のドアを運転手が開けると、サマンサは『私は助手席で！ 恋人同士の邪魔はしませんっ』と言って、足もとをふらつかせながら助手席のドアを開けた。

「絵麻、乗ろう」

先に後部座席に私を入れてから、健斗さんは反対側のドアから隣に座った。

ロイヤルキングスパレスホテルの部屋に入って、ドアも閉まらないうちに私は広い胸に閉じ込められた。

そして前髪を長い指で払われ、額にキスが落とされる。

「ふふっ……」

「なぜ笑う？」

「なんでおでこなんだろうって。ここにキスされるのを待っていたのに」

唇を突き出してみせると、笑った健斗さんは頬に唇を当てた。

「もうっ、違いますって。ここです。ここ」

右腕を閉じ込められた腕から出して、唇を指差す。すると、腕を掴《つか》まれて手首にキスをちゅっと音をたてるキスをした。

「もー」

健斗さんの両頬を手で囲んで、背伸びをして形のいい唇を食むように重ねた。いつも彼にされているように、温かい唇を舌でなぞり弄《もてあそ》ぶ。

腰を支えられているのでキスをしながら、フワフワ浮いている感覚だ。

「酔ってる絵麻も可愛いな」

「健斗さんが、からかうからですよ」

「それなら、そろそろ本気で愛してもいいか？」

覗《のぞ》き込む瞳は艶《つや》と熱情が伺え、男の色気たっぷりな姿に、鼓動がドクンと音をたてた。

返事の代わりに、健斗さんの首に腕を回して、もう一度唇を重ね合わせた。

八、パリの素敵な休日

「え？　パリに？」

翌朝、部屋で食事をとっているとき、健斗《けんと》さんの言葉に耳を疑った。

「ああ。ウエディングドレスと婚約披露パーティーのドレスを買いに行こう」

「健斗さん、ここはビバリーヒルズですよ？　どんなドレスも手に入るかと……」

結婚披露パーティーは一カ月後の八月下旬で、招待状を作っている最中だ。スマートフォンのＳＭＳで送るので、発送の手間はかからない。

「そうだが、数日観光と買い物でパリを楽しもう。友人がパリに近い古城を購入し、ホテルにしたんだ」

そう言って、あぜんとなっている私を尻目に彼はコーヒーを飲む。

「お城を買って、ホテルに？　すごい方なんですね」

「ああ。瑠偉《るい》・バンクス・ブレイクリーと言って、イギリスの子爵で、代々から伝わる古城の持ち主だ。ちょうど日本人女性の夏妃《なつき》さんと結婚したばかりだよ」

「イギリス貴族とご友人だなんて顔が広いですね」

「十年くらい前だったか、仕事で知り合い、意気投合ってところだ。そういうことで、明後日パリへ飛ぶからLAに戻ったら荷物のパッキングをしておいて」

私たちはお昼過ぎにロサンゼルスに戻ることになっている。

「わかりました。健斗さん、お忙しいのにドレスのことまで考えてくれてありがとうございます」

ふいに健斗さんが噴《ふ》き出す。

「どうしたんですか？」

「いや、思い出し笑いを。飲まないと絵麻《えま》は敬語を使うから。俺はアルコールが入ってほろ酔い気分の君が好きかもしれない」

「ほろ酔い気分の私が？」

「ああ。昨日の君はものすごく可愛かった」

「可愛い……？」

正直、昨晩のことはあまり記憶がなかった。そんな風になったのは初めてだ。

サマンサと別れて部屋へ戻って来たところまでは覚えているけれど……。

目覚めたらいつものように健斗さんの腕の中だった。

「私、何かやらかしてしまいましたか？」

困惑の瞳を向けると、健斗さんは楽しそうに口元を緩ませる。

「ビール三缶と言っていたが、俺以外の前では飲んじゃだめだからな。あんなに可愛い絵麻をよその男に見せられない」

朝から甘い言葉を吐露《とろ》する健斗さんにまだ当惑する。

「ちゃんと教えてください」

「甘え上手だったということだけ教えておこう」

「……それだけですか？　他には……？」

健斗さんは甘える女性が好きなのだろうか……？

尋ねてから搾《しぼ》りたてのオレンジジュースを飲む。

「もっとシて……と、積極的だった」

ジュースを吹き出しそうになって、慌ててナプキンを口に当てる。

「ゴホッ……ゴホッ、の、飲んでいるときに変なことを言わないでくださいっ。ゴホ……んんっ」

「絵麻が聞いたからだろう？」

そう言って、健斗さんはしれっと答え、動揺する私ににんまりと笑んでからコーヒーを口にした。

翌日の正午過ぎ、プライベートジェットでパリへ飛んだ。

飛行時間は約十二時間。

長距離をプライベートジェットで飛ぶのは初めてだったが、空を飛んでいるだけで部屋にいるのとなんら変わりなく、とても快適だった。

シャルル・ド・ゴール空港には夕刻に到着して、迎えの車でブレイクリー子爵の所有するシャトーホテルへ向かう。

残念ながら、ブレイクリー子爵は仕事がありイギリスの城にいるそうだ。

パリへは一度、イザベラに同行して訪れたことがあるが、例のごとく観光などはできずに、外へ出ても食材の買い物だけで、キッチン付きのホテルの部屋に一週間過ごした思い出がある。

車は五階建ての美しい古城の前庭につけられた。

古城といっても、古めかしくはなく、今にもヨーロッパ中世のドレスに着飾った男女が出てきそうなくらい雰囲気《ふんいき》がある。

「素晴《すば》らしいですね。写真に収めたいです」

シャトーホテルはパリへ行くにも車で一時間ほどの距離なので、交通の便が良く、ここに四日宿泊する予定だ。

ブレイクリー子爵の友人の健斗さんは、初老の総支配人にうやうやしく出迎えられた。

エレベーターのない古城なのでスイートルームは二階にあり、広さのある美しい部屋へと総支配人自らが案内してくれた。

ふたりだけになると、部屋を見て回る。

明るい室内にゴージャスなキングサイズのベッド、年代物のソファやチェストなどは目を楽しませてくれる。

ロイヤルキングスパレスホテルのスイートルームにすっかり慣れてしまったが、こちらのスイートルームは歴史を感じる趣《おもむき》のある空間で、ここに健斗さんとふたりきりでいると、胸がドキドキしてくる。

ふいに健斗さんはポケットからスマートフォンを取り出して話し始める。

「ああ。先ほど着いたよ。素晴らしいホテルで、絵麻も喜んでいる」

話の内容から、ブレイクリー子爵らしい。

「今度、ＬＡにも来てくれ。歓迎するよ。そうだな。秋のイギリスも良さそうだ。じゃあ」

通話が終わって、健斗さんはテーブルの上にスマートフォンを置く。

「瑠偉からだった」

「気にしてくださっていたんですね」

「面倒見のいいやつだからな。さてと、まだ夕食まで時間がある。あたりを散策してみようか」

腕時計で時間をたしかめた健斗さんは、そう提案する。

「行きたいです」

スマートフォンを手に、私たちは部屋を出た。

建物から出て、広大な芝生の庭園の中に歴史がありそうな石像があり、垣根には綺《き》麗《れい》な花が咲き乱れている。

手を繋《つな》ぎながら歩いていると、ハネムーンみたいな気持ちになった。

「パリ市内は見どころがたくさんあって楽しそうですが、こうして静寂に包まれた庭園もゆったりとした気分になれますね」

「瑠偉もなかなかいい物件を手に入れたな。そうだ。ブレイクリー城を見せよう」

健斗さんは立ち止まると、スマートフォンからブレイクリー城を検索して見せてくれる。

「なんて素敵なんでしょう。湖に佇《たたず》む古城はとても優美ですね」

「一度訪れたことがあるよ。ここと比べ物にならないくらい古めかしく、十六世紀に描かれたフレスコ画やはかりしれない価値のあるものばかりで、正直幽霊が出そうな雰囲気で少し怖かった」

「子爵はそこに住まわれているんですか？」

健斗さんの言う、ここよりも古めかしく、怖さのある古城に住むだなんて、どんな感じなのだろう。

「ああ。ロンドンに会社があるが、普段はブレイクリー城に住んでいる。奥さんの夏妃さんは元フリーライターで、ブレイクリー城を取材させてほしいと日本からやって来たことからふたりは恋に落ちたらしい」

「恋愛小説みたいなお話ですね」

「それは俺たちも同じじゃないか？　人それぞれ、運命の出会いで恋に落ちれば、恋愛小説さながらの話になる」

健斗さんは笑みを浮かべ、漆黒の瞳で私を見つめる。

「そうかもしれません。ふふっ、やっぱり健斗さんはロマンチストなんですね」

「そうだな。この美しい景色の中で絵麻にキスしたいと思うくらいに」

先ほど数組の宿泊客が通って行った。

思わずキョロキョロとあたりを伺い、誰もいないことを確認した私は、背伸びをして健斗さんにキスをした。

「クッ、可愛すぎるぞ。だけどこれだけじゃ満足できないな。俺は人が見ていてもかまわない」

健斗さんは私の片方の頬に手のひらを置いて、自分から唇を重ねた。


その夜の食事は、シャトーホテルの前面にある広いバルコニーのあるレストランでフランス料理をいただいた。

円テーブルに純白のクロスの上には、年代物の燭台《しょくだい》の上に乗ったキャンドルが揺らめいている。

赤いビロードが貼られた椅子《いす》に座り、極上のフレンチを堪能した。

明日は買い物の合間に、ルーブル美術館やエッフェル塔などへも立ち寄ると健斗さんは約束してくれる。

「エッフェル塔は遠くから見ただけで、上ってみたいと思っていたんです」

「パリへ来たのに、遠くからか。仕事で来ているからというのもあるが残念だったな。そういえば、イザベラの今の姿を耳にしているか？」

「あ……、サマンサから写真が送られてきました。彼女が屋敷でのメイドを辞める前ですが。私がいた頃とずいぶん変わってしまいましたね」

美しくスイーツが盛られた、デザートプレートにあるフローズンヨーグルトのソルベを口にする。

「ああ。今は息子みたいな年齢の愛人と遊び歩いているそうだ。仕事もほとんどないらしい」

「体型が変わってしまったからって、仕事はなくならないですよね？」

「彼女は世界的に有名な女優だからな。やろうと思えばどんな役でもオファーがあるだろうが、今のイザベラはやる気がないようだ」

秋にはトロントロケをした映画が公開予定になっている。

「少しお休みしたいのかもしれませんね。好きな人ができて、彼を優先させたいのでしょう」

「そうなのかもしれないな。出掛けるたびにパパラッチに追い回されているって話だ」

「アメリアは？」

時々、ファッション雑誌で見かけるが、以前からそれほど仕事はないとイザベラがぼやいていた。

「彼女のことはわからない。もうヤング母娘の話は止めよう」

「はい。ソルベ、さっぱりしておいしいですよ。溶けないうちに食べてください」

健斗さんにソルベを勧めてから、私も残りのスイーツを口にした。

翌日、ブレイクリー子爵が手配してくれていたシャトーホテルのお抱え運転手の運転で、パリ市内へ向かった。

まずは予約をしているドレスショップで、ウエディングドレスとパーティーのドレスを探す。

パリでもハイブランドが建ち並ぶ区域のドレスショップへ入ると、洗練された女性のマネージャーが笑顔で近づいてきて健斗さんは名乗る。

『ムッシュ・カグラ、お待ちしておりました。どうぞ奥へ』

ブロンドの髪をきっちり結ったマネージャーは英語で話しながら、私たちを奥の部屋へ案内する。

広い部屋にずらりとデザインや形が違うウエディングドレスが並んでいた。

純白のものから生成りまで、どれもパールやスワロフスキーがあしらわれて、とんでもなく美しい。

『どうぞご覧ください。あらかじめサイズをお聞きしておりますので、そのように揃えております』

夏場の挙式なので、オフショルダーなど袖のないドレスが多い。

『いかがでしょうか？　目を引くドレスはございましたでしょうか？』

『こんなにたくさんあると目移りしてしまいますね』

様々なラインのデザインに困り果てる。

『着て見たいと思うドレスを試着なさったらいかがでしょう』

「絵麻、着てみてくれ」

健斗さんが日本語で私を促す。

「健斗さんの好みは……？」

「どれも似合うだろうから、俺は決められない」

そう言って健斗さんはヨーロピアンスタイルのソファに座って、長い脚を組んでこちらを眺《なが》める。

『じゃあ……、三着いいでしょうか？』

『もちろんでございます』

着てみたいと思ったウエディングドレスの前に立ち、「これと……これ、これも」と、選んでいく。

マネージャーは三着を近くにいたスタッフに持たせて、私をフィッティングルームへ案内する。

まずは身頃がハートカットの純白のプリンセスラインのサテン地のドレスを着付けられる。

肩に垂らしていたブラウンの髪は緩くアップにしてくれ、デコルテと胸が綺麗に見えるドレスだ。

ウエディングドレスを身に着けて、健斗さんの前に出るのは恥ずかしさもあったが、自分では決められそうにないので、彼に見てもらわなければ。

あ、でも、健斗さんは決められないって言っていたっけ……。

自分の意見に左右されずに、私が決められるように言っているのだと思う。

『とてもよくお似合いです。特に鎖骨が美しい形をしていらっしゃいますね』

称賛をまるっきり受け入れるわけではないが、ドレスのおかげで綺麗に見えるのは否《いな》めない。

『それではご婚約者様に見ていただきましょう』

スタッフが長いトレーンの部分を持ち上げて、私を健斗さんの前へ連れて行った。

スマートフォンを弄《いじ》っていた健斗さんは、ドアから出た私にすぐに気づいて立ち上がる。

「なんて言っていいのか……」

健斗さんがめずらしく言い淀むので、彼の目には不合格なのかと困惑する。

「……似合わないでしょうか」

「いや、その反対だ。とてもよく似合っている。だから、見惚《みと》れて言葉が出てこなかったんだ。綺麗で女神のようだ。本当に美しい」

「健斗さん……」

その言葉にホッと安堵する。

「健斗さんから〝女神のようだ〟を引き出すなんて、ウエディングドレスってすごく力がありますね。では、次のドレスに着替えてきますね」

再びフィッティングルームに引っ込んで、オフショルダーの二の腕に柔らかいチュール生地がふんわりとかかったスレンダーラインのドレスを試着する。

鏡を見た瞬間、このウエディングドレスを着た自分が、あのチャペルで健斗さんとヴァージンロードを歩いている姿が想像できた。

トレーンはないので、身軽に動けるのもいい。

この姿を、今すぐ健斗さんに見てもらいたい気持ちに駆られたが、新郎が花嫁のウエディングドレス姿を挙式の前に見るのは縁起が悪いというジンクスを聞いたことがある。

当日のお楽しみにしてもらおう。

『このドレスにします』

『素晴《すば》らしい選択ですね。先ほどのドレスもよくお似合いになっていましたが、こちらの方が、柔らかい感じでお嬢様の雰囲気にピッタリだと思います。草花の冠《かんむり》にすれば、このドレスがもっと引き立つはずです』

『草花の冠……それはいいですね。では着替えます』

『ムッシュ・カグラにはお見せにならないのですか？』

『はい。彼には内緒で』

にっこり笑うと、マネージャーは秘密を共有したような、いたずらめいた笑みを浮かべた。

「健斗さん」

そっとフィッティングルームを出て、ソファに座る彼に近づき名前を呼ぶ。

「絵麻、ドレスは？　まだ着替えるはずでは？」

「次のドレスが気に入ったので、それに決めました。健斗さんは当日まで見てはだめですからね」

「そうきたか……」

健斗さんは顎に手を置き、にやりと笑う。

「ジンクスを思い出したのもあります」

「ああ……挙式前に花嫁姿を見るのは縁起がよくないっていう？　諸説あるから必ずしもそうではないが、当日楽しみにするとしよう」

「はい。着てみたら、あのチャペルにピッタリだと思ったんです」

手を引かれて隣に座らされる。

「それは楽しみだな。それはそうと、今回は既成品になってしまったが、日本での結婚式にはオートクチュールのウエディングドレスを作ろうと思うんだが？」

「オートクチュール？　いいえ、選んだドレスだけで大丈夫です。どちらにしても一度だけしか着ないなんてもったいないですし、ドレスがかわいそうです。気に入ったあのドレスを大事にしたいです」

そう言うと、健斗さんは一瞬間を置いてから頷《うなず》く。

「……わかったよ。絵麻の意見を尊重しよう」

「まだ婚約披露パーティーのドレスも買わなくてはならないんですよ？　必要以上に散財しないでくださいね」

そこへスタッフがコーヒーとショコラを運んできた。

ドレスショップを出て、待っていた車に荷物を入れて次の高級ブティックへ向かう。

次は婚約披露パーティーで着るイブニングドレスを選ぶのだ。

二軒の高級ブティックでイブニングドレスを見たが、どれも健斗さんのお眼鏡にかなわず、店をあとにしたときには、お昼の時間をかなり過ぎていた。

おなかも空いているので、路面に出ているテラス席のあるカフェに入った。

この席からエッフェル塔が眺められる。

エッフェル塔までは、ここから徒歩三分くらいだと、ウエイターが教えてくれた。

カフェなので簡単な料理しかないが、本場のクロワッサンを食べてみたかったので、テーブルに出てきたときは笑みを漏《も》らした。

クロワッサンだけでなく、じゃがいもとアンチョビのガレットや、ほうれん草のキッシュなどもいただき、テラス席は暑かったがカフェボウルいっぱいのカフェオレを飲んだ。

健斗さんはスパークリングワインを飲みながら、料理を堪能している。

「食事が済んだら行こうか」

「はいっ、楽しみです」

ここからの眺めも素敵だが、やはり中へ入って高いところからパリの景色を眺めてみたい。


エッフェル塔の広場では、パリっ子や観光客がくつろいでいる。

ほとんど雲がない青空に「鉄の貴婦人」と言われるエッフェル塔は映えて美しく、たくさんの写真を撮った。

展望台にも上り、パリの景色を思う存分楽しんだ。

「建物のひとつひとつに歴史が感じられますね」

「LAとは雰囲気がまったく違うな」

パリの街並みを眺めながら会話が弾《はず》む。

「健斗さん、連れて来てくださってありがとうございました。素敵なシャトーホテルにウエディングドレス、今ここにいるだけで夢を見ているみたいです」

「礼など必要ないよ。絵麻が楽しんでくれているのなら、俺もうれしい。今回の滞在は短いが、時間ができたらまた来よう」

握られた手が引かれて「あっ！」と思っている間に、唇が重ねられた。

パリの四日間は健斗さんは私を存分に甘やかし、夢を見ているような非日常的でスイートな時間だった。

ヴェルサイユ宮殿やルーブル美術館、モンマルトルの丘など、時間が許す限り歩き回った。

あちこちの高級ブティックを巡った結果、イブニングドレスは柔らかい紫、オーキッド色と言われる素敵な色合いのドレスを買うことができた。

たくさんの思い出をもらって、私たちはパリを発った。

九、幸せを壊す陰湿な策略

パリから戻って、八月に入った。

婚約披露パーティーの招待状はSMSで送り、すでにほぼ出席のメッセージをもらったと言う。

私はサマンサにだけ送ったが、ラスベガスからでは費用もかかるし、無理しないでねと、追記した。

だけど、サマンサは必ず行くからとの返事をくれた。

不動産ディーラーに依頼していた新居の内見が決まり、土曜日の正午、健斗《けんと》さんの運転する車で向かっていた。

場所はロサンゼルスでは治安のいいとされている、南部に位置するマリナ・デル・レイで、世界最大級のヨットハーバーがあり、港の周りにはコンドミニアムや高級ホテル、ショッピングセンターなどが建ち並んでいる。

ロイヤルキングスパレスホテルへもそれほど遠くはなく、健斗さんも無理せず通える範囲だと言う。

ビバリーヒルズの家も考えなくはなかったのだが、どれも大きすぎてふたりだけの生活には広すぎた。

どこでもいいと思っていたけれど、豪華で広い家は希望していなくて、こぢんまりした家で新婚生活を送りたい。

「これから行く家は間取りをPDFで送ってもらってみたが、なかなかいい間取りだった」

「広すぎないですよね……?」

「ああ。まあ、俺たちの求める家だと思うよ。着いてからのお楽しみだ」

健斗さんは楽しそうに口元を緩ませて、車を走らせた。


ビーチが近いが、サンタモニカより静かで落ち着いた街並み。

ここへは初めて訪れたけれど、のんびりした雰囲気《ふんいき》はひと目で気に入った。

テラコッタカラーの高給コンドミニアムの駐車場に車を停めて、待っていた不動産ディーラーにさっそく案内してもらう。

五階建ての最上階で、４ＬＤＫだ。大きな窓のある広いリビングルームには、寒い日のためにバイオエタノール暖炉が設置されている。

主寝室や書斎、ビルトインのキッチンは使いやすそうで、作業台との導線もいい。

テラスからはヨットハーバーが見える。

最高の景色に、健斗さんも気に入ったみたいだ。

ここで暮らすイメージが湧いてきて、期待に胸がふくらむ。

「健斗さん、ここでなら落ち着いて生活できそうですね。景色も素敵《すてき》だし、治安もいいし。広すぎず、導線もいい感じです」

「そうだな。とても住みやすそうだ。君が長い時間ここで過ごすのだから、絵麻が気に入った物件がいい。ここに決めよう」

「はいっ、あのキッチンでお料理をして待っていますね」

『住むのが楽しみだな。では契約をお願いします』

健斗さんは日本語から英語に切り替えて、不動産ディーラーと話し始めた。

不動産ディーラーと物件契約を交わした翌週の金曜日。

新居で使うキッチン用品やインテリアショップが目的で、ビバリーヒルズのショッピングセンターへ赴《おもむ》いた。

夕方にインテリアデザイナーが来訪予定なので、どんな風な家にしたいかイメージをふくらませたかったのだ。

ハイブランドのウインドーを眺《なが》めながら、インテリアショップへ向かおうとしたとき、大きくロゴが描かれたTシャツにジーンズ姿のジョシュアとばったり会った。

『エマ！　こんなところで会えるなんて驚いたよ』

『私もよ。ジョシュアは休日？』

時刻は十二時を回ったところだ。その時間は仕事中のはず。

『今日は休みで、気分転換に街をぶらついて、よさげな店でランチをしようと思っていたんです。あ、一緒にいかがですか？』

ランチに誘われて当惑する。

『……ごめんなさい。もう食べてきたの』

まだ食べてはいないが、ジョシュアと一緒に食事をするのは躊躇《ためら》われた。

『残念です。山本《やまもと》マネージャーから聞いたけど、月末に婚約披露パーティーをするそうですね』

『ええ。彼はこっちに知り合いがたくさんいるから』

『幸せそうだったんで、遠くからでも輝いていましたよ』

『ふふっ、それは言いすぎよ。じゃあ、お仕事頑張ってね』

『はい！　ではまた』

ジョシュアは爽《さわ》やかな笑顔で立ち去った。

立ち去るジョシュアの背中を見てから方向転換したしたとき、目の前に女性が立ちふさがった。

『エマ、元気そうね。それにすっかりみすぼらしさがないじゃない。すっかりセレブになったつもりなの？』

そこにいたのは、アメリアだった。

彼女はひとりで、丈の短い黒のワンピースに大きなブラウンのサングラスをかけている。

イザベラのもとでは、毎日Tシャツとジーンズにエプロン姿だったので、そんな風に言うのだろう。

今日もいつも着ているノースリーブの白いワンピースに、バッグだってハイブランドのものではないのに。

『あの男とうまくいってるみたいね』

目の敵《かたき》のように健斗さんを〝あの男〟呼ばわりをするアメリア。そんな彼女と話をしても苛立《いらだ》つだけだ。

『あなたと話すことはありません。失礼します』

彼女から離れようとしたとき――。

『待ちなさいよ。私はあなたたちが大っ嫌いなの。絶対に幸せにはさせないから』

アメリアは腰に手を置いて言い放つ。

『え……？』

『もうすぐ婚約披露パーティーよね？』

黙っていると、アメリアは鼻で笑う。

『もちろん私は招待されたって行かないわよ。いいえ、無事にパーティーが開けるわけがないから、他の招待客も参加は無理だわ』

『いったい何を言っているんですか？ 因縁《いんねん》をつけるのはやめてください』

無事にパーティーが開けない……？ どういうことなの……？

困惑しているうちに、アメリアはにやりと嘲《あざけ》るように笑い、私の前から立ち去っていく。

意味がわからない……。

健斗さんの浮気疑惑を企んだように、また何か考えているの……?

アメリアのわけのわからない言動に当惑してしまったせいで、インテリアやキッチン用品を見ずに、ショッピングセンターを離れた。

アメリアの話なんて、なんの脅威にもならないわ。彼女が婚約披露パーティーを潰すことなんてできるわけがないもの。

そう結論づけたのに、スイートルームに戻ってもアメリアの言葉は頭から離れず、じわじわと不安にさいなまれていく。

しばらくうじうじとしていたけれど、両膝をピシャンと叩《たた》く。

「いくら考えたってわからないっ。彼女のことだから、私を不安にさせたかっただけよ」

そう独りごちて時計を見ると、インテリアデザイナーとの約束の十五分前だった。

アイスティーとケーキをルームサービスに頼み、インテリアデザイナーが来るのを待った。

インテリアデザイナーとの二時間の打ち合わせが終わって、少しして健斗さんが戻って来た。

ソファから立ち上がり、笑顔で近づく。

「おかえりなさい。早かったんですね」

「絵麻、今夜は映画関係者のパーティーへ出てみないか？」

「パーティーですか……？」

「ああ。ハリウッドのホテルで、クロエ・コリンズ主演の映画のパーティーがあるんだ」

健斗さんが投資している映画だ。

投資者なら当然パーティーに呼ばれるだろう。

「急なんて、健斗さんらしくないかと……」

「秘書が来週だと勘違いしていたんだ。どうだろうか？　出席しても退屈かもしれないが」

「健斗さんと華やかなパーティーに出るのは緊張してしまいますが、一緒に行きたいです。どんなドレスがふさわしいですか？」

婚約披露パーティーに着るオーキッド色のドレスではなく、他にもいくつか気軽なパーティー用に健斗さんは揃えてくれていた。

「良かった。以前着た黒のドレスがいいと思う」

「わかりました。すぐに支度しますね」

「パーティーは二十時からだから、ゆっくり支度をしても間に合う」

笑みを浮かべた彼は私の腰に腕を回す。

「それで、インテリアデザイナーとの打ち合わせはどうだった？」

「どんなコンセプトにするのかだけで打ち合わせたんですが、とても楽しくて時間があっという間に過ぎてしまって。また来ていただくことになりました」

「楽しかったのなら良かった」

唇にキスが軽くちゅっと音をたてて重なる。

「インテリアですが、本当に私が決めていいんですか？」

「ああ、男の俺にはまったくわからないからな」

「ホテルのコンセプトを決めなければならない、ブランディング責任者なのに？」

「たくさんのブレーンがいるから、こんな俺でも務まるんだ」

健斗さんはクールな笑いを浮かべる。

彼はそう言うが、それは謙遜だと思う。

色々な面においてセンスのいい健斗さんなのだから、住まいのインテリアだってきっと素晴《すば》らしいものになるはず。

「そういうことにしておきますね。好みじゃなかったとしても文句を言ってはだめですからね」

笑みを浮かべた健斗さんの唇が、耳元に近づく。そして甘く、私の腰が疼《うず》くような滑らかな声で「もちろん、心得ているよ」と言って、耳朶を食《は》んだ。

女優さんのようにキラキラ輝けないが、健斗さんの隣にいても恥ずかしくないくらいに今日はメイクや髪型に時間をかけた。

髪は編み込みを入れて緩くアップにして、後れ毛や頬を囲むようにほんの少し垂らす。メイクも普段はしないマスカラや、顔がぼやけないようにハイライトを入れた。

黒のラメ入りのドレスを身に着けて鏡の前で確認していると、ブラックフォーマルに蝶《ちょう》ネクタイ姿の健斗さんが現れた。

髪の毛も普段と違って額を出していて、さらにだだ漏《も》れの男の色気に心臓が急激に暴れ始める。

「主演女優も絵麻の姿にかすんで見えるな」

「ふふっ、そんなお世辞は必要ないですよ。クロエ・コリンズよりも綺麗だなんてあり得ませんから」

ドレッサーの上に置いていたゴールドのカクテルバッグを手にする。

「いや、透明感のある美しさは目を奪われるし、今日は絶対に君のそばから離れないと約束する」

「お仕事仲間がいらっしゃったら、私にかまわないでいいんですよ？」

「それは絶対にだめだ。こっちの男は美しい女性を見ればすぐに声をかけるからな」

「ふふ、心配しすぎだと思いますが、そんなときはこうして見せつけます」

エンゲージリングがよく見えるように、左手を顔の横に上げてみせた。

九月からのクランクインを前に、映画関係者が一同に集まったパーティーは華やかで、いたるところに大人気女優や俳優がいて、別世界に紛れ込んでしまった感覚だ。

イザベラのロケ同行や、食事を届けに撮影所へは行っていたので、何人かの女優は目にはしていたけれど、今日のドレスアップした女優たちの美しさは際立って眩《まぶ》しいくらいだ。

健斗さんは会場を歩き回るドリンクサービスのウエイターから、スパークリングワインを受け取りひとつを私に手渡す。

『ケント！』

見事な体躯にタキシードを身にまとった映画の主演男優が、華やかな笑みを浮かべながら、こちらへやって来た。

『ネイサン』

ふたりは軽くハグをして、フルートグラスをコツンと合わせる。

スクリーンの中でしか見たことのない、世界中で大人気の俳優――ネイサン・アーロンの姿に目を丸くしていると、宝石のようなブルーの瞳が私に向けられる。

『彼女が、君がベタ惚《ぼ》れのフィアンセだね』

『絵麻だ。絵麻、ネイサンはもちろん知っているだろう?』

『知らない人なんていないです。お会いできて光栄です』

俳優としては一流で、アクションも完璧にこなすことから不動の地位にいる。私生活の方も賑《にぎ》やかで、離婚歴があり数々の浮名を流している。

彼を主演にする映画にかかる費用は、莫大なものになるだろう。

健斗さんをはじめ、他の投資者がたくさんいると聞いている。

『ケントのフィアンセが、こんなに美しい人だとは思ってもみなかったよ。君が美女たちに興味がないのも納得だ。エマ、ネイサン・アーロンです』

手を差し出されて握手をする。

独占欲を誇示《こじ》するためなのか、健斗さんの腕は私の腰に回されている。

ネイサンは少し話をして他の出演者の元へ去って行く。

出演者が素晴らしく、すでにこの映画は大成功を収めたと言ってもいいかもしれない。

ブッフェスタイルの食事はおいしいが、健斗さんの元に次から次へと挨拶《あいさつ》に来るので、なかなか食べられず、スパークリングワインが進む。

談話中の健斗さんを残してレストルームに向かう。

「ふぅ～」

このままいくと酔っぱらってしまうから、あまり飲まないようにしないと。

手を洗ってから首筋に持っていき、ひんやりした感覚を味わう。

もう一度手を水に浸し顔を上げた次の瞬間、ビクッと肩が震えた。

目の前の鏡にアメリアの姿が映っており、ブラウンのきつい目と私の目が合って、慌てて振り返る。

どうして彼女がここに……？

アメリアはマリンブルーのスリットが深いドレスを着ている。

『パーティーへ来ると思ったわ。ネイサンや他の出演者とずいぶん楽しそうだったわね』

見られていたなんて……まったく気づかなかった。

『……あなたは私のストーカーなんですか？』

会いたくない人に会ってしまい、楽しかった気分が台無しだ。

いくらイザベラの娘とはいえ、アメリア個人が招待されるはずがないので、招待客の同伴者なのだろうと推測する。

『用があったから、わざわざドレスに着替えて会いに来たのよ』

そう言いながら、アメリアはバッグからスマートフォンを取り出す。

『私はあなたと話すことありません。失礼します』

彼女の横をすり抜けようとしたとき、腕を掴《つか》まれる。

『ちょっと待ちなさいよ。いいものを見せてあげるから』

アメリアはスマートフォンの画面をタップしてから、私に見やすいような角度で差し出す。

画面には写真が映し出されていたが、それを見て驚愕する。

『な、なんですか!?　それは！』

その写真は裸の男女がベッドにいて、男性が自撮りをしたものだった。女性は――

私だった。

そして、男性はジョシュアだ。

『あら、浮気写真じゃない。裸で男とベッドにいるなんて、破廉恥《はれんち》な女ね』

『嘘《うそ》を吐《つ》かないで！　こんなの知らないわ！　勝手に作らないで！』

手足がブルブルと震えてくる。

『よく見なさい』

アメリアはスマートフォンをスライドさせて写真を変えていく。目もつぶりたくなるような男女が絡み合っている写真だ。

『動画もあるのよ。自分を見たいでしょう？　こんなのを見せられたらあの男はあなたを捨てるわね』

『見たくありません！　いったいどういうつもりで、こんな手のかかったひどいことをするんですか』

処理しきれなくて眩暈《めまい》がしてきた。

『言ったわよね？　私はあなたとあの男が大っ嫌いなの。幸せそうなあなたたちを見ていて吐《は》き気がこみ上げてきたわ。用件を言うわ。これをバラまかれたくなかったら、あの男の元から去るのよ』

え……？

急に英語が理解できなくなったみたいに、アメリアの言っていることが把握できなかった。

『言ってる意味がわからないの？　これをあの男の仕事場や映画関係者にバラまいたらどうなると思う？　自分のフィアンセが結婚前に浮気していたなんて恥よね？　面目を失うわ。婚約披露パーティー当日にバラまいたらどうなるかしら』

『私が彼のもとを去れば、消去すると言っているんですか？』

『ええ。あなたがあの男に話しても、すぐにバラまくわ。どうする？』

目を覆《おお》いたくなるほどの写真は、本当に私みたいに見える。でも、健斗さんは私を信用してくれるはず……。

だとしても、悪意で作られた写真でも、各所にバラまかれたら健斗さんの汚点になる。

『どう？　写真は誰が見ても本物に見えるわ。これを得意とする友人に作ってもらったんだから、あの男はともかく、他の人は信じるでしょうね』

『あくどいやり方ね』

これでは身動きができないし、私が去らない限り結局は健斗さんに迷惑がかかってしまう。

「あなたはあの男から去るしかないのよ。わかったわね。三日以内に彼のもとを去らないと惨《みじ》めなことになるわよ。話は以上よ。私はまだここにいるからあの男の元に戻りなさいな』

混乱している頭で健斗さんに会いたくなかったが、遅い戻りを心配しているかもしれない。

震える脚でなんとかパーティー会場まで戻り、入り口に立っている健斗さんを見つける。

彼も私に気づき、足早に近づいてくる。

「どうした？　時間がかかったが」

「ちょっとおなかが痛かったの……」

下腹部を軽く押さえる。

実際、全身が外側からチクチク刺されているような感じで、おなかが痛いと言ったのは嘘でもない。

「まだ痛い？　ひどく顔色が悪い」

腕を支えられる。

「大丈夫です……、私は先に戻るから健斗さんはまだいて」

「ひとりで帰せると思っているのか？　顔は出したから一緒に帰れる。車を呼ぶからラウンジのソファに座って待とう」

健斗さんは私の腕を支え、ロビーに向かいながらスマートフォンから迎えの車を呼んでいる。

どうしよう……。私が彼のもとを去らなければ、健斗さんは赤っ恥を晒してしまう。

ふいに彼の手のひらがおでこに触れる。それから目の前で片膝を突いて下から覗《のぞ》き込むようにして見つめられる。

この間もアメリアがどこかで見ていると思うと落ち着かない。

「熱はないよな。盲腸や他の病気かもしれない。戻ったら医者に診てもらおう」

「へ、平気です……。今はほんの少し痛いだけで……。だから、ひとりで帰れます」

「いや、パーティーよりも君を選ぶよ。この先もずっとそうだ」

すごく胸を突く言葉で、目頭が熱くなる。

「ありがとうございます。でも、お仕事のときもあると思うので、そのときは優先させてください」

健斗さんが顔を緩ませる。

「もちろん、だが絵麻が病気のときの話だ。これからはパーティーに出席するときは夫婦同伴だからな」

彼はすっくと立ち上がり私の隣に腰を下ろし、手はスイートルームに戻るまで離されなかった。

どうしたらいいの……？

頭からシャワーがかかったままで、ぼうぜんと考える。

遅いと健斗さんが心配する。

回らない頭をいったん休めて手を動かして洗い終えると、バスローブを羽織ってシャワールームから出た。

そのままベッドルームへ行くと、ドレスシャツとスラックス姿の健斗さんがいて、私の姿に顔を顰《しか》める。

「髪が濡《ぬ》れている。そこに座っているんだ」

言われるままにベッドのそばにあるひとり掛けのソファに座った。

すぐに戻って来た健斗さんの手にはドライヤーが握られている。近くのコンセントにプラグを差し込んで、私の髪の毛に熱が当てられた。

熱風とともに、彼の手も感じる。

しばらくその心地よさを噛《か》みしめている自分に気づく。

卑劣《ひれつ》なアメリアの言いなりにはなりたくないけれど、健斗さんのためを思ったら去るしかないのだと、スッと決心できた。

「健斗さん、気持ちいいです」

「乾いたか」

彼の指が何度も髪を行ったり来たりして心地いい。

ドライヤーのスイッチが切られる。

「じゃあ、先に寝ていて。俺も入ってくる。あ、おなかの調子が悪いなら食欲はないかもしれないが、本当に食べなくていいのか？」

「はい。平気です。健斗さんは何かルームサービスで頼んで食べてください」

「俺のことは気にせずに早く休むんだ」

突として、健斗さんは体を屈《かが》めて私を抱き上げてベッドに横たわらせる。それから額にキスを落とす。

「おやすみ」

「おやすみなさい」

サイドテーブルのライトが一番小さく落とされる。

目を閉じると彼が離れる衣擦《きぬず》れの音が聞こえて、遠くでドアが閉まる音がした。

押し寄せてくる悲しみに涙腺が決壊しそうだ。

泣いたらだめ。健斗さんが戻って来たら知られてしまう。

もしも私が残る選択をしたと仮定したら、あの卑猥《ひわい》な写真はバラまかれ、ジョシュアも巻き込んでしまう。

ホテルの関係者が見たら、合成写真でデマなのだと説明しても信じてくれるかわからない。

まったく関係ない彼を巻き込めない。もちろん健斗さんもだ。

明日明後日は土日で健斗さんの休日。彼に知られずに離れるのは無理だ。

月曜日にここを出ようと決めた。


下腹部に大きな手のひらを感じて目を覚ます。

健斗さんに背を向けた状態でうしろから抱きかかえられるようにして眠っていた。

その手に手を重ねる。

「起きたのか」

耳元で少しハスキーな声がする。朝一の健斗さんの声は少し掠《かす》れるのだ。

「おはようございます」

「どう？　まだ痛むか？」

彼の腕の中で向きを変えて、憂慮する瞳とぶつかる。

「いいえ。もうなんともないです」

「腹痛と聞いて、一瞬妊娠したのかと思ったよ」

「赤ちゃんが？」

思ってもみなかった語彙《ごい》が出て、目を丸くする。

「調べたら妊娠初期に痛むこともあるとあった」

「残念だけど、妊娠はしていないです」

本当に妊娠していたら良かったのにと思う。

彼のもとを去っても、愛している人の子供を育てられるのだから。

「絵麻は子供は何人ほしい？」

「んー、三人兄妹で楽しかったので、三人はほしい……かな」

将来の話なんて止めなければ。

目頭が熱くなってしまう。

「俺も三人兄弟だから、絵麻と同じ気持ちだ」

「賑やかになりそうですね。あ！　もう八時じゃないですか。起きなきゃ」

違和感のないように話を止めて、上体を起こしてベッドから抜け出す。

「急にどうした？」

「おなかがすごく空きました。今日はドライブして外で食べませんか？」

「それもいいな。もう腹痛は治ったのか？」

「はい。すっかり。そうだわ。サンディエゴに連れて行ってもらえませんか？」

「サンディエゴか。久しぶりだな。どうせなら一泊してこよう」

健斗さんも体を起こし伸びをして、洗面所へ向かった。

ホテルで朝食にするアイスコーヒーとサンドイッチを作ってもらい、車に乗り込んだ。

クリーム色のカシュクールワンピースなので、露出した腕と胸元に日焼け止めを塗っている。

真夏の空は雲ひとつなくて眩《まぶ》しく、車に乗った直後、私たちはサングラスをかけた。

今日と明日、思う存分楽しもう……。

健斗さんと一緒にいられる時間を大事にしたいし、思い出を増やしたい。

「ここから混んでいなければ二時間くらいで着くよ」

「ずっと行ってみたかったんです」

サンディエゴはカリフォルニア州の南にあり、メキシコとの国境の街で、治安もいいと聞いている。

一年中温暖で雨が少なく、見どころもたくさんあり、有名遊園地などへも近いので、ここに滞在してあちこち出掛ける観光客が多いと健斗さんが教えてくれる。

サンドイッチとアイスコーヒーでおなかを満たして、景色を楽しんでいるうちに車はサンディエゴの街に入った。

古い文化を楽しもうということで、オールドタウンへ向かっている。

そこは千八百年代当時の街並みが再現されており、アメリカ領になる前のメキシコ領の異国文化が再現されているらしい。

車を止めて外へ出ると、マリアッチの陽気な音楽がどこからか聞こえてきた。

その曲にウキウキした気分になる。

「タイムスリップしたみたいですね」

「ああ。ここには西部開拓時代の街並みもあるらしい」

手を繋いで歩を進めていると、トルティーヤを焼いている露店が目に入る。

「健斗さんっ、タコス食べませんか？」

彼の手を引いて、その店の前に立つと露店の主人に「Ｏｒａ！《こんにちは》」と挨拶《あいさつ》される。

「食欲をそそる匂いだな」

「はいっ」

私はチキンのタコスをふたつ露店の主人に頼む。

もともとタコスが好きなこともあるが、目の前で生地を焼いてくれ、手際よく具材を入れていくのを興味深く見守る。あっという間に私たちの手に紙に挟まれたタコスが渡された。健斗さんがお金を払い、私たちはすぐ近くにベンチを見つけてそこでタコスを頬張った。

「おいし～」

「ああ。うまいな」

瞬《また》く間にタコスは私たちの胃の中に収まった。

それからあたりをぶらぶら歩き、メキシコの土産物店でカラフルなサンドレスや布地、ソンブレロと言われる帽子を健斗さんに被せ合ったりして、童心に返ったように楽しんだ。

ウェーリーハウスという、全米で最も怪奇現象が報告されているゴーストハウスの見学もできたが、それは遠慮した。

「はぁ～、面白かった～」

一度、今夜宿泊するホテルに車を止めてから、水族館やダウンタウンを回って楽しんできた。

ホテルに戻る前に、地元のメキシコ料理の店でビールを飲みながら、おいしい料理を存分に味わった。

今日一日、メキシコ料理を堪能し尽くした。

時刻は二十一時を過ぎている。

「健斗さん、ありがとうございました」

何度も時間が止まってくれたらいいのにと思っていた。

「絵麻、俺も一緒に楽しんだんだから、礼を言われることはしていないが……言っただろう？」

「え？」

キョトンとなって健斗さんを見つめる。

「礼はキスで……と」

彼はTシャツを脱いだ。

鍛《きた》えられた無駄《むだ》に贅肉《ぜいにく》がない滑らかな肌が見せつけられる。

楽しんでいる様子の彼に一歩近づくと、背伸びをして少し大きめの唇に口づける。

「もっとだ」

離れようとすると、腰が抱き寄せられて体がピッタリ密着する。

健斗さんの顔が近づき、唇が塞《ふさ》がれた。

角度を変えながら私の唇を弄《もてあそ》ぶように彼の舌が舐《ねぶ》っていく。

「んっ……」

互いの唇を味わう中、カシュクールワンピースの肩が外され、ブラジャーも取り去られる。

「今すぐ絵麻の中に入りたい。ジーンズを脱がして」

命令されるままに、私の手は健斗さんのジーンズのボタンを外し、ファスナーを下げた。

張りつめた胸のふくらみが下から持ち上げられ、敏感になった頂《いただき》が指の腹で撫《な》でられた。

それだけで電流が走ったみたいにビクンと体が揺れる。

「はぁ……んっ」

彼の手が太腿にかかり、片方の足が持ち上げられた。

官能的なキスで私を翻弄《ほんろう》させて、全身に快楽の波が押し寄せてきた。

「あ、……ぁああっ……！」

腰と腰が密着した体が揺さぶられ、健斗さんは私を蕩《とろ》けさせていった。

彼に愛されるのはこれが最後……。

その思いが脳裏をよぎる。

いつまでも抱きしめていてほしい。

健斗さんの腕の中で乱れる私の目じりから、快楽からか、離れなければならない悲しさからか、涙がにじんだ。

十、愛する人を守るための決断

健斗《けんと》さんと出会ってからの楽しかった日々を、一生の思い出として胸に刻み、月曜日の午後、キャリーケースをひとつだけにしてロイヤルキングスパレスホテルを従業員出入口から出た。

大通りでタクシーに乗って、ホッと息を吐《は》く。

ガードマンのひとりに見られたけれど、気に留められることなくホテルを出られた。

やはりキャリーケースをひとつにして良かった。

キャリーケースはいくつもあるので、たくさん持って出て行くと、従業員に不審がられると考えたのだ。

必要最低限のものだけをキャリーケースに詰め、ふたつのエンゲージリングは箱に入れて手紙とともにプレジデントデスクの上に置いてきた。

手紙には嘘《うそ》をつらつらと書き連ねた。

【健斗さんへ
あなたの元を離れることを許してください。よく考えた結果、レストランを開く夢は捨てられないと気づきました。子供もほしくないです。自由気ままに生きさせてください。健斗さんと過ごした日々は非日常的で、ずっと夢を見ているみたいでした。実際、結婚を前にして現実を考えさせられました。私はなにものにも縛られずに自由に生きていたい。今までありがとうございました。一度日本に帰国しようと思っています。探さないでください。　絵麻】
本当は子供だって三人はほしいし、レストランを開く夢は健斗さんに出会ってから、愛している人だけに私が作った食事を食べてもらいたいのだとわかった。
このまま健斗さんと幸せに暮らしたかったと思うと、胸がギュッと締めつけられ心が痛かった。
まだどこへ行こうか決めていないが、最後に健斗さんと挙げる予定だった海の見えるチャペルを見たかった。
しかし、荷造りに思いのほか時間がかかり、現在の時刻は十六時を回ったところで、向こうへは一時間かかる。
今は部屋でゆっくり今後を見つめ直す時間が必要だ。

車はどんどんビバリーヒルズを離れていく。

スマートフォンを出してチャペルの近くのリゾートホテルに予約を入れた。

一時間後、タクシーはリゾートホテルのエントランスに到着した。

チェックインをして、オーシャンビューの部屋に入室してホッと息を吐いた。

部屋はシングルベッドのツインルームだが、バルコニーがあってゴルフコースの向こうに紺碧《こんぺき》の海が眺《なが》められる。

これからのことを考えるには、一日では足りないだろう。ここに滞在して健斗さんから離れた傷ついた心を休めるのもいいかもしれない。

プレジデントデスクに置いた手紙を健斗さんが見たら、私に憤《いきどお》るだろう。愛していた女性に裏切られたのだから。

健斗さんの気持ちを考えたら、もっと胸が痛くなる。

「私は正しいことをしたのよね……?」

アメリアの卑劣《ひれつ》な策略に屈服することになってしまい、腹立たしさ以上のものがある。

悔しさがどんどん津波のように押し寄せてきて、涙が止まらなくなった。

夜のとばりが下りて見ていた景色は真っ暗になった。

空に月が輝き始めても、縫い付けられたように座った椅子《いす》から動けなかった。

ようやくバルコニーから明るい室内へ戻ると、眩《まぶ》しさに立ちくらんだ。

「傷心で打ちのめされているのに、おなかは空くのね……」

呟《つぶや》いてから、ソファの上に置いたバッグへ目を向ける。

バッグの中に入ったままのスマートフォンは、このホテルを予約してから電源を切っている。見るのが怖くて、電源を入れられない。

今頃、健斗さんはどうしているだろうか……。

彼の顔を思い出すと、恋しくて仕方がない。

健斗さんのことを考えないようにして、ルームサービスのファイルを手にしてオーダーをした。

なかなか寝つけない夜を過ごして、翌日目を覚ますと、太陽は真上だった。

気分転換に窓のある明るいバスタブに浸かってから、Tシャツとジーンズに着替えてコーヒーを入れ、バルコニーで飲む。

日陰のないゴルフコースでは、男女数名がゴルフを楽しんでいるのが見える。のんびりしたロサンゼルスが好きだけど、ここにはいられない。パリのような歴史を感じられる都市も好きだから、ヨーロッパで暮らしてもいいかもしれない。

でも、寒いのは苦手だから……いっそフランス領だったタヒチあたりに行こうか。タヒチで働いて暮らせるかもわからず、まったく調べていないので、時間が必要になる。

「さてと、健斗さんとふたりだけで挙式をするはずだったチャペルへ行って、今日で見納めにして……彼のことを吹っ切らなきゃ」

日焼け止めを塗りサングラスをかけて、ドアへ歩を進めた。

リゾートホテルからチャペルまでは徒歩三十分くらいかかりそうだ。

スマートフォンはいまだに電源を入れることができないので、部屋に置いてきている。なので、あらかじめフロントで道を聞き、書いてもらったメモを持っている。

しばらく歩いていると、見覚えのある道に出た。

健斗さんと来たときに車で通った場所だ。

あのときはどこへ連れて行かれるのかわからなかったっけ……。

ガラスのチャペルが木立の間から見えてきた。

チャペルは誰もおらず、しーんとしている。聞こえるのは鳥のさえずりだけ。

ドアは開くかしら……。

サングラスを頭の上に移動させ、チャペルへ続く五段ほどの階段を上がり、そっとドアを引いてみた。

鍵はかかっておらず、ドアはキイと、音をたてて開いた。

健斗さんと訪れたときと同じ素敵《すてき》な印象は変わらない。

ガラスのチャペルは光を取り込んで、その美しさにため息が漏《も》れる。

ここで健斗さんと永遠の愛を誓えたのなら、どんなに幸福感に包まれたか……。

ううん。この場で誓えなかったとしても、ただ一緒にいられれば幸せだったのだ。

彼の元へ戻りたい。

ふと、そんなことを考えてしまい、プルプルと頭を振る。

だめ、私が戻れば健斗さんの信用は地に落ちてしまう。

健斗さんっ……。

脚の力が抜けてその場にしゃがみ込み、両手で顔を覆《おお》った。

涙が枯《か》れるくらい泣いているのに……。

ここへは彼への想いを吹っ切るために訪れたのだ。めそめそしていたら、吹っ切ることなんてできない。

手の甲で涙を拭《ふ》こうとしたそのとき、背後の先ほど入ってきたドアが開く音がした。人が来ちゃった……。

こんなところでしゃがんで何をしているのかと言われそうで、急いで立ち上がった。

「絵麻！」

え……？

健斗さんの声に心臓を跳ねさせた刹那《せつな》、うしろから強く抱きしめられた。反動でサングラスが床に落ちる。

「きっとここへ来ると思った……」

もしかして……ずっと待っていたの……？

そうだとしたら、チャペルのドアの鍵が開いていたのも納得できる。

「わ、別れたんですから、追いかけてこないでください！」

「俺は別れていない」

くるりと向きを変えさせられ、健斗さんと対峙する。

でも、目を合わせられずに、目線を下げる。

「絵麻、俺の目を見るんだ」

顎に手がかかり、上を向かされる。

「俺と別れたのにどうしてここへ来た？　どうして泣いている？」

彼の指が涙の痕《あと》を辿《たど》っていく。

「それは……」

「俺を愛しているのに、愛していないフリをしているから、答えられないんだろう？」

図星だが、認めるわけにはいかない。

「触らないで！」

健斗さんの腕から離れ、床に転がっているサングラスを拾い、ドアへ向かおうとする。だが、彼が通路を邪魔して進めない。

「どいてください」

サングラスをかけて、精いっぱいきつい声を出した。

「嫌だね」

「嫌って、子供じゃないんですから。お手数かけて申し訳ありませんが、すべてをキャンセルお願いします」

健斗さんを突き飛ばす覚悟で行こうとしたが、手首を掴《つか》まれて彼の胸に引き寄せられた。

次の瞬間、唇が塞《ふさ》がれた。

「んーっ」

掴まれていない手で彼の胸を叩《たた》くが、びくともしない。それどころか、ギュッと閉じていた唇が巧みに開かされて舌が口腔内を蹂躙《じゅうりん》していく。

どんなにこのキスを待っていたか、今思い知らされた。

私はキスひとつで健斗さんに屈服してしまう。

「俺を愛しているのを認めるんだ。あの手紙は嘘だと認めたい。心から認めたい」

だけど、健斗さんを愛していると認めるわけにはいかないのだ。

「お願いです。別れてください。これが最善策なんです」

「本当に最善策か？　俺が陥《おとしい》れられるのを守ろうとしているのは、俺のことを愛している証拠だ」

「え……？」

驚きに目を瞠《みは》る。サングラス越しに健斗さんを見つめていると、彼はふっと笑みを漏らした。それから、私のサングラスは頭に動かされた。

「説明するから、座ろう」

ぼうぜんとなる私を近くの参列者席に座らせ、彼も隣に腰を下ろした。体は私の方に向けられる。

両手を大きな手で囲まれる。

「あの女――アメリアに脅《おど》されたんだろう？」

「それを……どうして……？」

「脅された内容も想像がつく。実は君とジョシュアの顔を合成した写真を見たんだ」

あの卑猥《ひわい》な写真を見られたと知って、息を呑《の》む。

でも、彼は合成した写真って言った……。

「作成した本人から俺に連絡が来たんだ。あの女よりも俺の方が大金をせしめられると考えて」

「お金を払ったんですか……？」

「写真を見るには、それしかなかった。しかも絵麻がいなくなった直後だったから、早急に動かなくてはならなかった」

「ごめんなさい」

申し訳なくて瞳を曇らせる私の手が、ポンポンと優しく撫《な》でられた。

「君が謝ることではない。あの女は俺たちを幸せにしたくなかったようだな」

「私があなたのもとから去らなければ、結婚披露パーティーのときにあの写真をバラまくと脅してきました。それだけではなく、ホテルにもバラまくと……。作られた写真でもジョシュアに迷惑がかかります」

「絵麻がいなくなって、まずサマンサのところへ行ったのではないかと考え、連絡をしたんだ」

「サマンサに……」

「彼女からあの女に対抗できるネタをもらった」

サマンサから提供されたアメリアに関するネタは、驚くべきものだった。アメリアはドラッグだけでなく、乱交パーティーをイザベラが留守のときに屋敷で開いていた。

思い出されるのは、イザベラがフロリダの友人のところへ遊びに行ったときのこと。パーティーではほぼ料理は手つかずで、掃除に入ったとき、ドラッグの匂いが残っていた。

あそこでドラッグを吸い、見境なく、乱交パーティーをしていたのだ。

健斗さんの話に顔が歪《ゆが》む。

「ひどい……」

「サマンサはヤング邸を円満に出たわけではなかったんだ。彼女は写真を隠し撮りしており、それで脅したんだ。守秘義務を守るようにイザベラから言われ大金も支払われたことから、俺たちに黙っていたが、君が失踪したと知ってサマンサは力になってくれた」

「でも、彼女が健斗さんにバラしたと知られたら、困ることになるのでは……？」

「ネタの出どころは決して明かさないし、どう考えてもあの女に不利だろう」

健斗さんは自信満々の表情だ。

「……本当に、私が戻っても健斗さんが陥れられることはないですか？」

「ああ。俺に任せてくれ」

憂慮していたことが払拭《ふっしょく》されて脱力した。

「健斗さん……、本当にごめんなさい。ひとりで考えないで、相談すればよかった」

「絵麻、つらい思いをさせてすまなかった。俺たちが別れることは絶対にないし、生涯君を愛し続け、守ると約束する」

「ふふっ、ありがとうございます。ちょうどここはチャペルなので、すごく心に響いてくる気がします」

「あの女の件をこれから戻って片付ける。提案があるんだが。絵麻、明日ここで誓い合おう」

握られていた手が持ち上げられ、彼の唇が甲に触れる。

「明日？　婚約披露パーティーの前に？」

「婚約披露パーティーは撤回する。結婚披露パーティーだ。早く君を妻にしないと落ち着かない」

「健斗さん……ありがとうございます。私を明日、あなたの妻にしてください」

返事の代わりに、甘く唇が塞がれた。

チャペルからリゾートホテルに向かい、チェックアウトを済ませて、ロイヤルキングスパレスホテルに戻った。

そして健斗さんは私に休んでいるように言って、スイートルームを出て行った。

アメリアと話をつけに行ったのだ。

二時間後、ソワソワと気もそぞろで、何も手につかなかったところへドアが開いた。

ソファから立ち上がって健斗さんの元へ走る。

「健斗さんっ」

心配が払拭しきれない私を、彼は笑顔で抱きしめる。

「どうでしたか？」

少し体を離して尋ねる。

「もう二度と俺たちを脅そうとは思わないはずだ」

「本当に……？」

「ああ。もうあの女と一切かかわらないで済むから安心してくれ」

もう一度、たくましい腕に抱きしめられて、安心感に包まれた。

翌朝、部屋で朝食を食べていると、プレジデントデスクの上の電話が鳴った。

健斗さんが出た瞬間、口元を緩ませていた彼の顔がスッと真顔に変わるのがわかった。

誰……？

彼は受話器を置いて私の元へやって来た。

「どうしたんですか……？」

「イザベラだ。君と俺に謝りたいそうだ。ここへ来てもらうように言った。会いたくなければ俺が対応するからベッドルームにいるといい」

「……いいえ。イザベラとはちゃんと話をした方がいいと思います」

「それでこそ、俺の絵麻だ」

健斗さんは笑って髪にキスを落とした。

少しして、ドアチャイムが鳴って健斗さんがドアへ足を運ぶ。

ちゃんと話をした方がいいとわかっているが、落ち着かない気分で待っていると、イザベラが姿を見せた。

ゆったりとしたブルーグリーンのロングワンピースを着ているが、やはり想像以上にふくよかになっていた。

『イザベラ……』

『この姿、驚いたでしょう？』

『はい。あんなに体に気を使っていたのに』

イザベラは苦笑いを浮かべて肩をすくめる。

『体型のことはいいわ。それよりもアメリアがあなたにした仕打ちを謝りに来たの』

『座ってください』

対面のソファを示して、イザベラは腰を下ろす。

『私が甘やかして育てたせいだわ。人の心がわからなくて自分勝手で、思いどおりにならないと癇癪《かんしゃく》を起こす性格はわかっていたけれど、見ないフリをしていたの。今回のことはさらに申し訳ないと思っているわ。ごめんなさい』

『彼女がドラッグから抜け出せるように、なんとかしてください。今、アメリアにとって必要なのは、イザベラ……あなたの愛情だと思います』

『……ええ。そうよね。このままではどんどん惨《みじ》めになっていくだけ』

イザベラは重いため息を漏《も》らす。

『更生には時間がかかるはずです。辛抱強くあなたが見守ってあげれば変わっていくと思うんです』

健斗さんは話に加わらず、私たちを見守っている。

『エマ……あなたの人生を娘が狂わさずに済んで良かったわ。本当にごめんなさい。あなたの言うとおり、辛抱強く見守るわ』

『イザベラ、来てくださりありがとうございました。どうか、以前の食事を思い出してください』

『……エマ、あなたの料理が懐かしいわ。どんな料理もかなわないもの。じゃあ、ミスター・カグラと幸せになって』

イザベラは微笑《ほほえ》みを浮かべると、健斗さんに会釈をして部屋を出て行った。

「健斗さん、今日は……とてもいい日になりそうですね」

「そうだな。娘のことはともかく、イザベラの謝罪でわだかまりが解けただろう？　また会うこともあるはずだからな」

「はい。そのときは笑顔で挨拶できそうです」

「さてと、そろそろ支度をしなくては。ヘアメイクがもうすぐ来る時間だ」

ここで支度を済ませて、チャペルに向かう予定になっていた。


挙式の支度が整い、パウダールームの等身大の鏡で全身を映す。

両サイドの髪を緩く編み込み、うしろでひとつに三つ編みをする。オーガンジーのリボンで結んだヘアスタイルに、白の小花とグリーンで作った花冠が頭に乗っている。

チャペルに着いたらヴェールをつける。

オフショルダーで二の腕に柔らかい布地がかかり、ウエストは絞られ、ふんわりと足もとに流れるウエディングドレスは、想像したとおりのヘアスタイルが良く合っていると思う。

健斗さんは、なんて言ってくれるかしら……？

ドアがノックされ「支度はできたか？」と、声がかかる。

「はいっ、どうぞ入ってください」

ドアが開き、ホワイトタキシード姿の健斗さんが姿を見せた。

目と目が合った瞬間、お互いが驚いたようにぼうぜんとなった。

「健斗さん……かっこいいです」

彼がかっこいいのはいつものことだけれど、ホワイトタキシードを着た健斗さんは、どこかの王子様みたいに気品に溢れている。

「クッ、褒《ほ》められるべきは絵麻、君だよ。透明感のある君に、ウエディングドレスがピッタリ合って美しいよ。絵麻のために作られたウエディングドレスだな」

「このドレスを見た瞬間、あのチャペルを健斗さんと歩いている姿が思い浮かんだんです」

「本当によく似合っているよ。最高に美しい……早く俺のものにしたい」

軽く曲げた腕を差し出されて、私は幸せな気持ちで微笑むと、彼の腕にそっと手を置いた。

反対側の手はドレスを軽く持ち上げた。

エレベーターでロビーまで下りて、エントランスへ向かう中、ホテルスタッフや居合わせたお客様に盛大な拍手をもらい、恥ずかしさに頬に熱が集まってきた。

ホテルの車でチャペルに到着し、バラとグリーンで作られたクラッチブーケを渡される。

健斗さんの胸元にも同じバラとグリーンの小さなコサージュが飾られている。

鐘の透明感のある音がどこからか聞こえてきた。

これからの始まりを祝福してくれるように感じた。

「絵麻、俺の奥さんになる覚悟は？」

「もちろんあります」

にっこり笑うと、健斗さんも笑みを深めた。

「では、行こう」

彼の腕に手を置き、私たちがチャペルの入り口に立つと、パイプオルガンの美しい音色が奏で始めた。

祭壇の前に牧師様がいて、厳《おごそ》かな雰囲気で私たちを待っている。

健斗さんの腕に手を置き、一歩ずつゆっくりとヴァージンロードを進む。

二十四時間前、悲しみに襲われて、ここに来た自分とはまったく違う、晴れ晴れとした気持ちで健斗さんの隣を歩いている。

あの一件があって良かったとは思わないけれど、より健斗さんへの愛が確信できて関係が深まっている。

この先、何が起こったとしても、健斗さんを信じ、彼の幸せは私の幸せだ。

『新婦エマ、あなたはここにいるケントを病める時も、健やかなる時も、富める時も、貧しき時も、夫として愛し、敬い、慈しむことを誓いますか？』

『はい。誓います』

誓約が済んで、指輪の交換をする。

そして、ヴェールがそっと持ち上げられた。

ヴェールアップには、「ふたりの間の障壁を取り払う」という意味があるらしい。

極上の笑みを浮かべた健斗さんは顔を傾《かたむ》けて、唇に誓いのキスを落とした。

九月の上旬、私たちはマリナ・デル・レイのコンドミニアムへ引っ越した。

結婚披露パーティーは無事に終わったし、引っ越しも終わって、今日から健斗さんに食事を作ってあげられる。

部屋はヨーロピアンインテリアにし、少しクラシカルで落ち着いた雰囲気《ふんいき》になっている。

「健斗さん、食材のお買い物に行って来ますね」

「今日は引っ越しで疲れただろう。外に食べに行けばいいよ」

「いいえ。引っ越ししたんですから、引っ越し蕎麦《そば》を食べなくちゃ」

この日のために手打ち蕎麦一式を日本から取り寄せていた。

「新鮮なエビで、かき揚げにしますからね」

「それは楽しみだが、俺も一緒に――」

「だめです。健斗さん明日は仕事なんですから、その前に荷物を片付けてください。特に書斎を」

するると、健斗さんは楽しげに笑う。

「指示を出す君には俺もタジタジだな」

「そんな怖い妻みたいに言わないでくださいっ」

頬をふくらませると、グイと引き寄せられて唇を重ねてくる。

「いや、君は俺にとって、どこまでも可愛い妻だよ。そんな妻に悪い虫がつくと困るから、やはり一緒に行く。帰ったら片付けるよ」

「本当ですか？　約束ですよ？」

小指を差し出して、健斗さんの小指に絡ませる。

「指切りげんまんって、懐かしいな」

「約束を守らなかったら、ひとつお願いを叶《かな》えるって言うのはどうですか？」

「お願い？　頼みごとがあるなら言ってみろよ。できる範囲で叶える」

顔をグイと近づけて、不敵な笑みを浮かべる。

ドキッと心臓が音をたてる。

「絵麻？　言ってみて」

「そ、それじゃあ、指切りげんまんした意味がないじゃないですか」

笑って一蹴《いっしゅう》すると、健斗さんは首を左右に振る。

「言うまで離さない」

「ええっ？　も、もうっ、子供じゃないんですから」

「だから言ってみればいい。どうした？　急に頬が赤くなったぞ」

「じゃあ……言います。健斗さんの……赤ちゃんがほしいです」

一瞬、健斗さんは鳩が豆鉄砲を食ったような顔になったが、うれしそうに笑う。

「それは最大限に協力する。なんなら今からでも」

顔を近づける彼から後退する。

「今はだめです。お蕎麦が打てなくなりますから。お買い物へ行きましょう。この際、荷物持ちとして許しますから」

「荷物持ちでもなんでもいいよ」

大人で寛大な健斗さんには、すっかり丸め込まれてしまう。

「ふふっ、じゃあ、新鮮なエビを買いに行きましょう」

玄関に歩を進める私の背後から「絵麻」と呼ばれて振り返る。

「はい？」

首を傾《かし》げてにっこり尋ねる。

「俺がすごく幸せだって知ってた？」

「私も同じ気持ちだって、知っていましたか？」

お互い見合わせてクスッと笑みを漏《も》らすと、彼の腕の中に閉じ込められた。

END

あとがき

このたびは『身分違いのかりそめ妻ですが、ホテル王の一途すぎる独占愛欲で蕩かされています』をお手に取ってくださりありがとうございました！

今回の舞台はアメリカ・ロサンゼルスです。エンターテインメント関係にも力のあるヒーローと、おいしい料理を作るヒロインの恋のお話を楽しんでいただけましたら嬉しいです。

マーマレード文庫、創刊五周年目に突入ですね。おめでとうございます！

私も皆様のおかげで今作にて十冊目になります。これからもどうぞよろしくお願いいたします。

カバーイラストを手掛けてくださりましたわいあっと先生、雰囲気あるふたりが美しくて見惚れてしまいます。ありがとうございました。

出版するにあたり、ご尽力くださいました編集の山本様、ハーパーコリンズの編集部の皆様、この本に携わってくださいましたすべての皆様に感謝申し上げます。

若菜モモ

原・稿・大・募・集

マーマレード文庫では
大人の女性のための恋愛小説を募集しております。

優秀な作品は当社より文庫として刊行いたします。
また、将来性のある方には編集者が担当につき、個別に指導いたします。

募集作品
男女の恋愛が描かれたオリジナルロマンス小説(二次創作は不可)。
商業未発表であれば、同人誌・Web上で発表済みの作品でも
応募可能です。

応募資格
年齢性別プロアマ問いません。

応募要項
・パソコンもしくはワープロ機器を使用した原稿に限ります。
・原稿はA4判の用紙を横にして、縦書きで40字×32行で130枚〜150枚。
・用紙の1枚目に以下の項目を記入してください。
①作品名（ふりがな）／②作家名（ふりがな）／③本名（ふりがな）
④年齢職業／⑤連絡先（郵便番号・住所・電話番号）／⑥メールアドレス／⑦略歴（他紙応募歴等）／⑧サイトURL（なければ省略）
・用紙の2枚目に800字程度のあらすじを付けてください。
・プリントアウトした作品原稿には必ず通し番号を入れ、
右上をクリップなどで綴じてください。
・商業誌経験のある方は見本誌をお送りいただけるとわかりやすいです。

注意事項
・お送りいただいた原稿は返却いたしません。あらかじめご了承ください。
・応募方法は必ず印刷されたものをお送りください。
CD-Rなどのデータのみの応募はお断りいたします。
・採用された方のみ担当者よりご連絡いたします。選考経過・審査結果についてのお問い合わせには応じられませんのでご了承ください。

m a r m a l a d e b u n k o

応募先
〒100-0004　東京都千代田区大手町1-5-1　大手町ファーストスクエア　イーストタワー19階
株式会社ハーパーコリンズ・ジャパン「マーマレード文庫作品募集」係

ご質問はこちらまで E-Mail / marmalade_label@harpercollins.co.jp

マーマレード文庫

身分違いのかりそめ妻ですが、ホテル王の一途すぎる独占愛欲で蕩かされています

2023年3月15日　第1刷発行　定価はカバーに表示してあります

著者　若菜モモ　©MOMO WAKANA 2023
発行人　鈴木幸辰
発行所　株式会社ハーパーコリンズ・ジャパン
東京都千代田区大手町1-5-1
電話　03-6269-2883（営業）
0570-008091（読者サービス係）
印刷・製本　中央精版印刷株式会社

Printed in Japan ©K.K. HarperCollins Japan 2023
ISBN-978-4-596-76957-2

m a r m a l a d e b u n k o